불운이 우리를 비껴가지 않는 이유

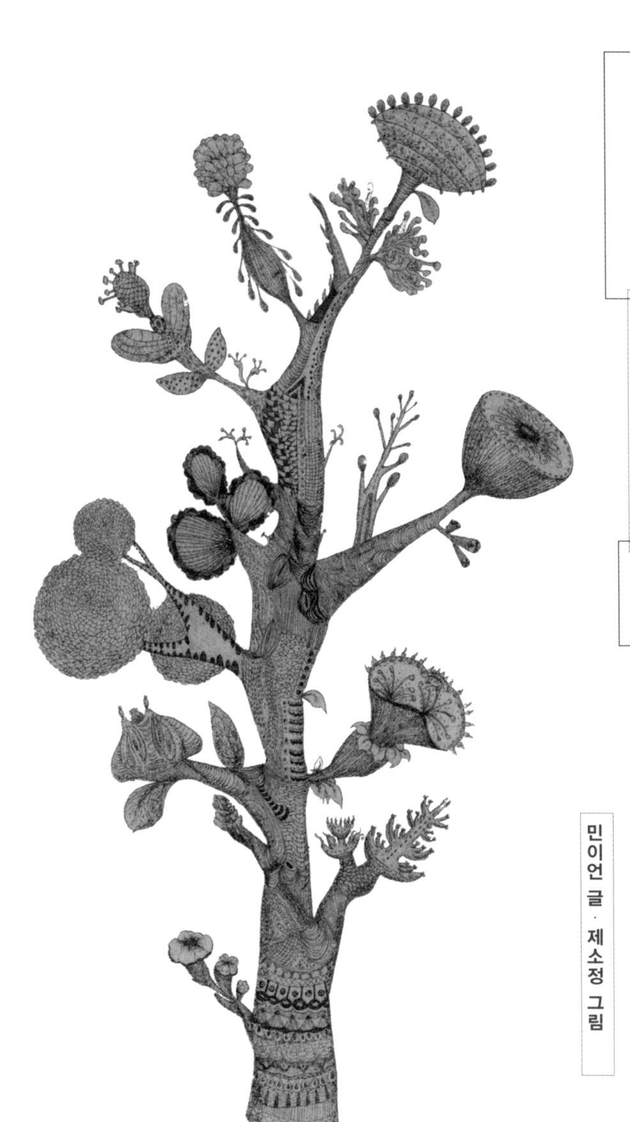

불운이 우리를 비껴가지 않는 이유

던져진 존재들을 위한 위로

민이언 글 · 제소정 그림

différance

일어난 모든 일을 원하라!

— 니체

프롤로그

내게만 일어나는 일

"내 인생이 그렇지 뭐."

뭔가 잘 안 풀리는 상황 앞에서, 삶의 한 장면이 그 삶 전체를 대변하는 양, 버릇처럼 내지르는 말. 어려서부터 그랬던 것 같다. 학교 앞 문방구에서의 뽑기조차 기대했던 상품을 타지 못하고, 겉봉지에 적힌 다채로운 맛들이 전혀 느껴지지 않는, 눈깔사탕만 주머니에 가득 담아 오곤 했다. 욕심이 많았던 것도 아니다. 매번 눈깔사탕만은 아니길 바랐을 뿐인데, 남들은 쉽게 거머쥐는 듯했던 무엇이, 왜 내게는 그토록 이루어지기 힘든 소망이었는지…. 성인이 된 이후에도 그랬던 것 같다. 누군가 부담을 짊어져야 하거나, 둘 중 하나가 떨어져야 하는 경우에도, 꼭 내가 걸려들었다. 남들은 겪지 않아도 되는 무엇이, 왜 내게는 그토록 비껴가기 힘든 불운이었는지….

누구에게나 있을 법한 기억 아닌가? 누구나 겪는 '내게

만 일어나는 일'이라는 점에서, 실상 '우리 모두'가 겪는 삶의 일반성이라는 의미일지도…. 그런데 그중에는 정말로 내게서만 일어났던 특수성의 기억도 끼어 있잖아. 너무 많았던 불운의 기억에 묻히고 가려졌을 뿐이지, 나였기에 가능했던 일들도 있었고, 나여서 다행이었던 순간들도 있었고….

그런 순간에 대한 해석을 모은 기획이다. 가벼운 문체이지만 얕은 의미는 아니고 싶었던, 오랜 시간에 걸쳐 블로그에 적어 내린 짧은 글월들은 내 전공의 영향이기도 하다. 『논어』에는 이런 구절이 적혀 있다. '能近取譬 可謂仁之方也已(능근취비 가위인지방야이). 가까운 데에서 취하여 비유할 수 있다면, 仁의 방법론이라고 할 수 있다.' 견지하는 철학의 차이가 있을망정, 비유의 미학은 한문학에서는 흔한 작법이다. 주변에서 흔히 관찰되는 신변잡기적인 이야기를 늘어놓은 후, 그 이야기를 관통할 수 있는 철학과 문학의 명문장을 인용하여 글을 마무리하는 전형.

전공자로서 그 생활밀착형의 비유법을 내가 체화했다고 자신 있게 말할 수는 없어도 익숙한 구성이긴 하다. 그림을 실게 해주신 제소정 작가님과의 인연도 그런 일상성에서 비롯됐다.

'주변에서 일어나는 소소한 일상의 풍경을 통해 나의 자전적인 이야기를 끌어낸다. 그렇게 스스로에게 몰두하면서, 나와 어머니의 각별했던 유대관계는 여성으로서의 현실을 자각하는 시발점이 되었다.'

『한국에서 아티스트로 산다는 것』에 실었던 작가님의 말. 원고의 토대가 된 인터뷰 중 미술 작품에 대한 철학적 해석에 관해 이야기를 나눌 일이 있었다. 특히나 한때 하이데거의 철학을 공부하셨다는 이야기로부터 쌓은 공감대가 지금으로까지 이어지고 있다.

하이데거의 주제이기도 한, 일상성에 은폐되어 있는 비일상성에 관한 이야기. 그는 그것을 진리적 성격으로 설명한다. 쉽게 말해, 너무 둔감해져 있는 타성의 시선 끝에 맺힌 일상성이 진리를 은폐한다는 것. 그런 일상성의 관성을 벗어나는 자각의 순간, 그전까지와는 다른 시선으로 '낯설게 보기'가 가능하다는 것. 예술가 분들이 이런 일상 속에 숨겨진 비일상성을 찾아내는 경우일 테고….

이 책이 그런 예술성을 담지한 단상의 기록들인지는 내 스스로 품평할 일은 아니지만, 일상 속에 자리한 흔한 풍경과 상황 속에서, 우리가 일상을 대하는 자세에 대해 고민해

본 흔적들이다. 우리는 가까이 있는 것으로부터 깨닫지 못하고, 엉뚱한 곳을 찾아 헤매곤 한다. 때론 멀고도 험난한 여정을 통해 깨닫는, 이미 모르고 있지 않았던, 그러나 미처 알지 못했던 그 평범한 진리라는 것. 파랑새를 곁에 두고서도, 파랑새를 찾아 떠났던 치르치르와 미치르처럼…. 이미 우리 곁에 다가와 있는 모든 것들이 그러하지 않을까. 그것들은 내가 깨닫기 전까지는 절대로 '나타나지' 않는다. 내가 발견하기 전까지는 아직 미래인 현재의 것들. 그 미래에 관한 이야기.

목차

1. 일상으로의 초대

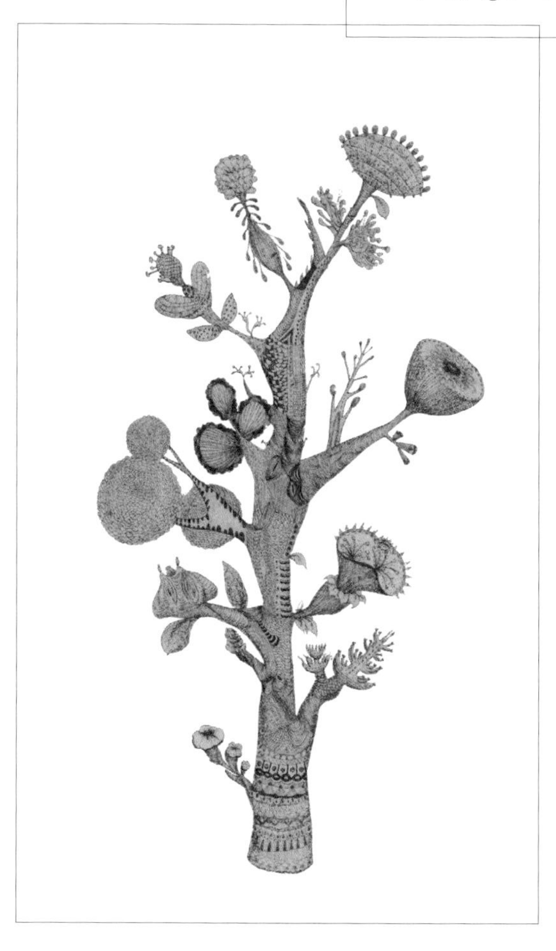

흔한 행복

자판기에 남아 있던, 누군가가 가져가지 않은 거스름돈. 저번 주에 벗어 놓은 청바지 주머니 속에 꼬깃꼬깃한 만 원 한 장. 횡단보도에 다가선 순간 마침 파란색으로 변하는 신호등. 정류장에 닿는 순간 마침 도착하는, 내가 타고 가야 할 버스.

출장으로 하루 종일 자리를 비우고 있는 직장 상사. 생각지 못한 검색어로 급격히 늘어난 블로그 방문자수. 포기하고 있던 찰나, 뒷타로 돌아와 맞는 뽀록. 버리려고 하던 찰나, 아직 담뱃갑에 남아 있는 돛대 하나.

우연히 장롱 구석에서 찾아낸, 어린 시절에 가지고 놀던 야구글러브. 꿈이길 바랐던 악몽에서 깨어난 새벽녘, 알람을 맞춰 놓은 시각까지 조금 더 잘 수 있다는 위안. 숙취가 가시지 않은 동틀 녘, 오늘이 일요일이었다는 안도감 옆에 놓여 있는, 취중에도 용케 사들고 온 1.5리터짜리 이온음료. 해장용 너구리 라면에 다시마 2장.

그리고…

저렇게 예쁜데, 아직 남자친구가 없다는 그녀.

보라! 때로 행복은 이토록 흔하고 흔한 것들.

흔한 행복 2

누구에게나 있는 경험일 테지만, 간혹 새벽녘에 찾아드는 복통의 곤란함. 그 갑작스러움에 대처하는 자세 또한 누구나 비슷한지 모르겠으나, 나는 일단 참아 본다. 화장실에 가기 위해 일어나야 하는 그 잠깐이 귀찮아서…. 그러나 이불에 똥칠을 할 배짱이 아니거들랑, 결국엔 일어날 수밖에 없는 것을….

항문의 절규와 함께 거칠고도 벅찬 한 방을 쏟아 낸 후에야, 어젯밤에 무슨 음식을 먹었길래 탈이 났을까를 복기해 볼 정도로 안정을 되찾는 심신. 내 안에 모든 걸 비워 낸 듯한 고요를 안고서 이불 안으로 복귀하는 순간, 아직 남아 있는 오늘의 새벽이 그렇게 행복할 수가 없다. 한두 시간의 잠을 더 잘 수 있다는, 그 별것 아닌 소유가….

보라! 때로 행복은 이토록 흔하고 흔한 것들.

알람시계와 일상

알람시계가 울리기까지 이제 남은 시간 10분, 이불 속에서 미리 일어나 알람을 기다리는 잠결 속의 초조함. 이런 젠장! 울려 버렸다. 정작 알람이 울리는 순간엔, 기상에 대한 설득으로 10분가량을 더 뭉그적댄다. 이젠 일어나야 하는데…. 이럴 바엔 그냥 알람을 10분 늦게 맞춰 놓아도 될 일을, 눈을 감고 뜬 정신으로 20분을 보내 버린 아침나절. 사물의 기능과 그 기능을 이용하는 사람의 관계가 어딘가 모르게 역전이 되어 버린 듯한….

출근길 지하철에 넘쳐 나는 사람들의 온기로 덜 마른 머리카락을 말리며, 속 시원히 채우지 못한 수면을 위해 기댈 곳을 찾지만 그마저도 나보다 부지런한 사람들의 차지다. 오전 내내 찌뿌둥한 육신은 점심시간이 될 즈음에야 신체리듬을 되찾지만, 식사 후 식곤증으로 다시 한 번 꾸벅꾸벅. 이젠 각성효과 따위를 기대하지 않는 카페인, 그저 그

나는 용감하다_Etching, Aquatint_25×25_2016

일상적 루틴을 즐기게 된 몇 잔의 커피로 하루가 저문다.

조금 전에 졸린 눈으로 걸어온 거리이건만, 잠깐 사이에 피곤한 눈이 되어 걸어가고 있는 거리. 분명 같은 거리임에도 집으로 돌아오는 길은 왜 이리 멀기만 한지. 하지만 하루 중 목적의식이 가장 뚜렷한 시간이기도 하다. 빨리 집으로 가서 쉬겠다는….

방문을 열자마자 뿜어져 나오는 따뜻하고 편안한 온기는 마치 내 힘든 하루를 다독여 주는 듯하다. 어린 시절 내 울음을 달래 주던 엄마의 품과도 같은 그곳으로 쓰러지지만, 지친 몸은 잠도 잘 오지 않아 멀뚱멀뚱. 이게 뭐지? 이게 사는 거냐? 눈을 감고 빠져드는 잠깐의 상념은 어느새 잠으로 이어져 또 길을 잃어버리는 꿈. 그리고 어디선가 들려오는 기억 속의 멜로디. 그 낯익은 선율을 따라가는 방황도 잠시, 꿈 저편에서 들려오는 알람 소리임을 깨닫는다. 다시 하루가 시작된다.

매몰비용과 기회비용

약속 시간에 맞추어 집을 나서는 순간 들이닥치는 잠깐의 갈등. 약속 장소까지, 집 앞 정류장에서 버스를 타고 갈 것이냐, 조금 멀리 떨어진 역으로 가서 지하철을 탈 것이냐. 해당 노선의 버스는 20분 간격, 그러나 길이 막히지 않으면 최단시간에 앉아서 갈 수 있다. 지하철은 5분 간격, 환승의 번거로움과 서서 가는 피로감을 감내해야 한다.

여느 때처럼 오늘도 버스를 선택했지만 이놈의 버스는 여느 때처럼 잘 오지 않는다. 언제나 전 버스가 떠난 직후에 정류장에 도착하는 나의 불운은, 늘 20분의 간격을 한결같이 정직하게도 기다려 낸다. 그래도 지하철역으로 발걸음을 옮기지 않는 이유는, 물론 귀찮아서다. 또한 기다림으로 채워 넣은 매몰비용이 아까워서이기도 하다. 아직까지도 버스가 오지 않는다는 건, 이젠 올 때가 되었다는 의미이기도 하기에…. 그래서 조금 더 기다려 본다.

살면서 수많은 잘못된 선택을 했었다. 그도 한참의 시간이 흐른 뒤에야 그것이 잘못된 선택이었음을 알았을 뿐, 당시에는 미련하리만큼 내 선택을 믿었었다. 후회도 했었다. 하지만 그 후회라는 것이 나머지 선택지에 대한 미련은 아니었다. 그렇다고 확신했던 내 선택에 관한 것도 아니었다. 그저 내 기다림의 시간이 너무 아까워서, 그토록 미련하게 굴었다. 그조차도 없으면 그 기다림이 아무것도 아닌 게 될까 봐, 나를 증명해 보이고 싶었던 마음이 끝내 미련을 떨쳐 버리지 못하고 있었다. 그리고 앞으로도 많이 미련할 것 같다.

무언가 될 것 같은 기대로 기다린 시간의 매몰비용이 아까워서라도, 또한 다른 선택에 대한 기회비용이기도 하기에 조금 더 기다려 보게 되는 시간들. 어쩌면 진득함, 어쩌면 미련함.

그렇게 기다려 결국엔 아무것도 되지 못한 경험이 없는 것도 아니다. 이번에도 똑같을까, 이번에는 다를까, 하다 보면 언젠가는 저번과 다른 이번도 다가오겠지? 물론 매번의 최선이라는 전제 안에서….

느림과 늦음

약속 시간까지는 얼마 남지 않았는데, 여전히 막히는 도로. 약속 장소까지의 거리가 얼마 남지 않아, 버스에서 내려 뛰어가기로 한다. 하지만 여지없이 고개를 드는 머피의 법칙. 내가 내리자마자 뻥뻥 뚫리기 시작하는 도로. 결국 약속 시간을 어기게 되었고, 변명은 하등 영향을 미치지 않았을 그 막힌 도로다. 미적거렸던 게으름도, 버스를 잘못 탔던 실수도 아닌, 분명 제시간에 닿고자 하는 마음으로의 최선이었지만, 결과적으로는 보다 힘든 방법을 택해 최선을 다해 늦어 버렸다.

나는 언제나 늦었던 것 같다. 아버지에게, 친구에게, 사랑하는 이에게, 아직 사랑한다는 말을 건네지 못한 그 사람에게…. 최선을 다했는데도, 내내 나를 지켜봐 주던 이들의 기다림 내에 닿지 못한 적도 있었다. 지금도 그렇게 늦

추억 편지_Lithogrphy_79x90_2008

고 있다. 그리고 다시 한 번 내게 허락된 시간 내에 닿지 못할까 봐 두렵기도 하다. 내게 늦음과 느림에 대한 찬양 따윈 없다. 그냥 내 늦음과 느림 안에서 전력을 다해 달려가는 순간순간일 뿐, 나도 늦는 내내 일찍 당도하고 싶었고, 느린 내내 빠르고 싶었다.

그러니까 그 자리에서 조금만 더 기다려 줘. 가지 말고 기다리고 있어. 이번만큼은 너에게 닿으려, 나에게 닿으려, 심장이 터지도록 숨이 가빠 오도록 달려가고 있으니까.

하늘과 빨래집게

언젠가부터 빨래집게가 걸려 있는 하늘이 그렇게 평화로워 보일 수가 없다. 이상과 일상의 조합이라는 상징성이어서 그런가? 죄다 베란다 안으로 들어온 시대이다 보니, 이젠 흔하게 마주칠 수 있는 풍경도 아니고…. 빨래가 걸리지 않은 빨래집게는 저 자신의 존재의미를 상실한 상태인 걸까? 그러나 누군가에게는, 그저 바람 부는 대로 흔들리는 한 자락의 풍경이 그 나름의 존재의미라는 거.

자신의 존재의미를 증명하기 위해서라도 기다려 낼 수밖에 없는 시간들도 있다. 그러나 누군가에겐 당신이 이 세상에 존재한다는 사실만으로도 이미 충분히 존재의미다. 당신이 유용해서 사랑하는 건 아닐 테니까. 아니 어쩌면 사랑한다는 사실 하나만으로 언제나 유용한 당신인지도 모르고….

뒤집어 입은 옷

주로 여름에만 발생하는 사건. 뭐가 그리 급했는지, 분명 거울까지 보고 나온 매무새이건만, 항상 외출이 이루어지고 난 후야 발견되는 뒤집어 입은 옷. 목 밖으로 나온 브랜드 탭을 우연히 만지는 일이 없거나, 다른 쪽 가슴으로 옮겨 간 브랜드 로고의 어색함을 발견하지 못하는 경우, 내내 세상에 알리고 다녔을 나의 데데한 성격. 외출하기 직전까지 거울은 분명 내게 기회를 주고 있었는데 말이다.

며칠 전에 입었던 그 옷을, 벗어 낸 방향 그대로 세탁기에 집어넣었고, 뒤집어진 그대로 건조대에 널었으며, 개켜서 옷장에 정리하는 과정 없이, 건조대에 뒤집어 걸려 있던 그대로를 거두어 입었을 것이다. 뒤집을 수 있었던 기회가 있었음에도 끝내 뒤집지 않았던 이유는, 막상 입을 때 되면 바로 입을 것 같거든.

그런 바보 같은 짓을 누가 저지르겠나 싶으면서도, 그런 바보 같은 짓을 얼마나 많이 저지르고 사는 '나'이던가. 옷 뒤집어 입은 정도야 잠깐 창피하고 말 일이지만, 더 중대한 사안에서도 이런 데데한 성격은 종종 실수를 뒤집어쓰고 만다. 당장이 급해서, 앞뒤와 좌우가 바뀐 사실이 보이지 않았던 숱한 사건들. 마치 뒤집어 입은 옷처럼, 나중에야 비로소 보이는 것들.

귀신의 탓

방을 정리정돈한 지 얼마 되지 않아 다시 지저분해지는 경우는, 분명 맘먹고 한순간에 어질러 놓은 것이 아니다. 가장 최단거리, 혹은 가장 편한 방법으로 물건들을 배치하던 순간들의 모둠이 동시에 보여지는 것. 그리고 꼭 중요한 순간에, 찾고자 하는 물건은 늘 보이지 않는다. 찾고자 하는 나의 열의에 그 어지럽던 배치는 결국 다른 어지러움으로 재배치가 된다.

문득 이런 경우는 귀신이 장난을 치는 것이라던 말이 떠오르기도 한다. 그리고 대상이 귀신인지 자신인지 불분명한 방향 모를 욕과 화를 방출한다. 귀신도 우선 뭘 찾을 수가 있어야 숨기기라도 할 것이 아닌가. 깔끔 떨다 죽은 귀신은 도저히 당해 낼 수 없을 공간 활용 능력, 귀신도 억울할 판. 비극은, 그런 순간들이 종종 당신의 미래를 좌우할 수도 있는 사건과 이어진다는 사실.

살아가면서 맞닥뜨리게 되는 시련들 중에도 이런 경우가 있지 않을까? 그전부터 이미 내 스스로가 지어 올리고 있었거나, 내 곁에서 몸집을 불리고 있도록 신경을 쓰지 않아 몰랐던 것들. 그것들은 꼭 기가 막힌 타이밍으로 다가와, 나를 더욱 더 비참하게 주저앉힌다. 지금 이 순간의 작은 불성실이 어떤 미래를 준비하고 있는지 알 수 없는 일. 또한 매 순간을 대하는 삶의 태도까지가 당신에게서 발생 가능한 콘텐츠이기도 하다.

비에 관해 뭐라도 끄적여 보려다 도통 뭐가 떠오르지 않아서, 비 내리는 창밖을 멍하니 바라보고 있다. 이도 오랜만인 것 같다. 다 내려놓은 듯한 마음으로, 저 비 오는 날의 수채화를…. 중학교 때 살던 집에는 조그만 뜰이 있었다. 그 뜰에 풀어놓고 키웠던, 친구에게서 분양받은 믹스견 두 마리. 제 집으로 들어가 비를 피하면서 빗줄기를 구경하는 녀석들을, 또 내가 구경을 하고…. 그것이 마지막 기억인 듯하다. 최소한의 문학 감성으로 비를 대했던 때가…. 그 이후의 모든 비에 따라붙는 의태는 '추적추적'이었다. 비는 '또' 내리는 것이거나, '왜?' 내리는지를 물어야 하는 것, 둘 중 하나였던 것 같다.

그 모두가 자연의 한 표현일 뿐인데, 편애하는 계절이 있기도, 편애하는 날씨가 있기도, 편애하는 시절이 있기도 하다. 가을은 또 가을대로의 낭만이, 비 오는 날에는 또 비

오는 날대로의 차분함을 즐겨 봐도 되련만…. 강이 되고, 바다가 되고, 구름이 되고, 다시 비가 되어 내리고…. 저들 중에는 내가 어릴 적에 살던 집으로 떨어지던 것들도 있을까? 그런 생각을 해본다. 하나의 빗방울에 잉크물을 들일 수 있다면, 언제고 다시 내 창가에 흐르는 빗줄기로 돌아올까? 비는 그 시절의 나를 기억하고 있을까?

날이 좋아서, 날이 좋지 않아서, 날이 적당해서, 모든 날에 질기게 따라붙는 삶의 고민들. 부채장수와 우산장수의 어머니의 긍정도, 돌아서면 여전히 버티고 있는 빗줄기 앞에서, 내 종목이 부채도 우산도 아니었다는 또 한 번의 각성에 밀려나기 일쑤. 그래도 글쟁이의 삶이라고, 슬프면 슬픈 대로, 지치면 지친 대로 또 써 내려가는 한 페이지의 일기. 날이 좋아서, 날이 좋지 않아서, 날이 적당해서 써 내려가는 한 자락의 원고. 감성적인 그림 몇 장 사이에 이겨 넣는 그나마의 낭만. 그 주제가 멜랑꼴리일망정, 나의 계절은 아직 여름이라는 믿음과 함께.

1인 가구가 모여 사는 동네는 건물의 구조도 1인의 규격에 준한다. 다닥다닥 마주하고 붙어 있는 서로의 창문 사이로, 강우의 시작을 알리는 신호는 도시가스관에 부딪히는 빗방울 소리다. 가스관을 시작으로 빗물 배수관에, 에어콘 냉각기에, 지상의 모든 것들에 닿아 울리는 빗방울의 그야말로 drop the beat. 본격적으로 퍼붓기 시작하면서는 '난타'의 퍼커션들을 떠올리게 하는, 생각해 보면 실상 비가 아닌 것들이 만들어 내는 빗소리.

'비가 오면 생각나는 그 사람'은 잊혀진 사람이란 의미이기도 하겠지. 비가 오는 날에도 생각나는 그 사람은, 잊어 가고 있거나 혹은 잊어 보려 노력 중인 사람일지 모르고…. 창가에 흐르는 이 빗물을 당신도 바라보고 있을까? 라는 질문으로, 무뎌져 가고 있음을 아쉬워하며, 아직까지는 잊고 싶지 않은 사람일 테고…. 그 사람의 것이 아닌 일

고도를 기다리며_Etching, Aquatint_25×25_2016

상에 와 부딪히는 그 사람의 생각으로 보내는 일상. 날이 좋아서, 날이 좋지 않아서, 봄비 속에서, 여름 안에서, 가을 우체국 앞에서, 눈 내리는 광화문 거리에서, 날이 가고, 달이 가고, 해가 바뀌도록….

비와 당신

알 수 없는 건 그런 내 맘이
비가 오면 눈물이 나요.

파블로프의 고전적 조건화인가? 프루스트의 비자발적 기억인가? 여기서 프로이트의 트라우마와 사후성을 설명할 건 아니고, 심수봉의 '비가 오면 생각나는 그 사람'이라고 해두자.

비 오는 날을 무척이나 좋아했던 사람. 창가를 두드리는 빗물 소리가 듣기 좋다며, 굳이 자신의 전화기로 그 빗소리를 전해 주던 사람. 날씨가 다를 정도의 먼 거리로 떨어져 산 것도 아니고, 분명 내 창가에도 내리고 있던 빗물이건만…. 창가로 불어오는 비 냄새가 그렇게 좋다며, 나도 한 번 창문을 열고서 맡아 보라던 사람. 졸리고 귀찮아도 대화에 집중하고 있다는 증거로, 억지스럽게 조합한 감상의 언어를

남겨진 것들_Etching, Aquatint_71×100_2016

전화기 너머로 돌려주어야 했던 날들. 원래 그렇게 유치할 권리와 피곤할 의무로 지속하는 행복이 사랑이기도….

비 오는 날에 일부러 창문을 열어 본 지가 언제인지 기억나지 않을 정도로, 이젠 추억도 뭣도 아닌데, 사람은 잊혀져도 그 순간에 함께했던 정서는 떠나가지 않는다. 끝내 프로이트로의 설명.

비 오는 날의 습관

머그잔에 먼저 뜨거운 물을 부은 후에 믹스커피의 포장을 뜯는 나의 버릇을 재미있어하던 직장동료가 있었다. 나도 내가 그렇게 커피를 탄다는 사실을 그제서야 알았다. 왜 언제부터 그렇게 커피를 타고 있었는지를 알지 못한 채, 다른 이들과 다른 방식으로, 그렇다고 다른 이들과 다른 맛을 향유하는 것도 아니었던….

아침에 눈을 뜨면 커피포트에 물부터 올리는 습관, 비 오는 날이면 더 많은 잔의 커피를 마시는 것 같은 습관, 창가에 부딪는 빗소리에 비와 관련한 노래를 찾아 듣는 습관. 창가의 흐르는 빗물 속으로 떠올리다 빗물 따라 흘려보내는 지나간 어느 날의 누군가. 언제인가부터 이렇게 비가 오는 날엔 무얼 하며 지내는지가 궁금한, 지금 사랑하고 있는 누군가. 하루 종일 쏟아지는 빗물에도 가실 줄 모르는 그 사람에 관한 생각. 비가 내리는 날이면 우리네 삶이 습관을 잇대고 있는 시간이란 사실을 더욱이 새삼 깨닫곤 한다.

이제는 습관이 되어 버린 들뢰즈의 철학과 프루스트의 문학. 그 한 잔의 기호(記號)로부터 피어오르는 한 조각의 기억에 관한, 한 꼭지의 글을 써 내려야 할 것 같은 습관적 강박으로 매만지다 식어 가는 커피잔. 다시 커피포트에 물을 올리면서, 비 오는 날의 정량 혹은 적량으로 채워 가는 하루.

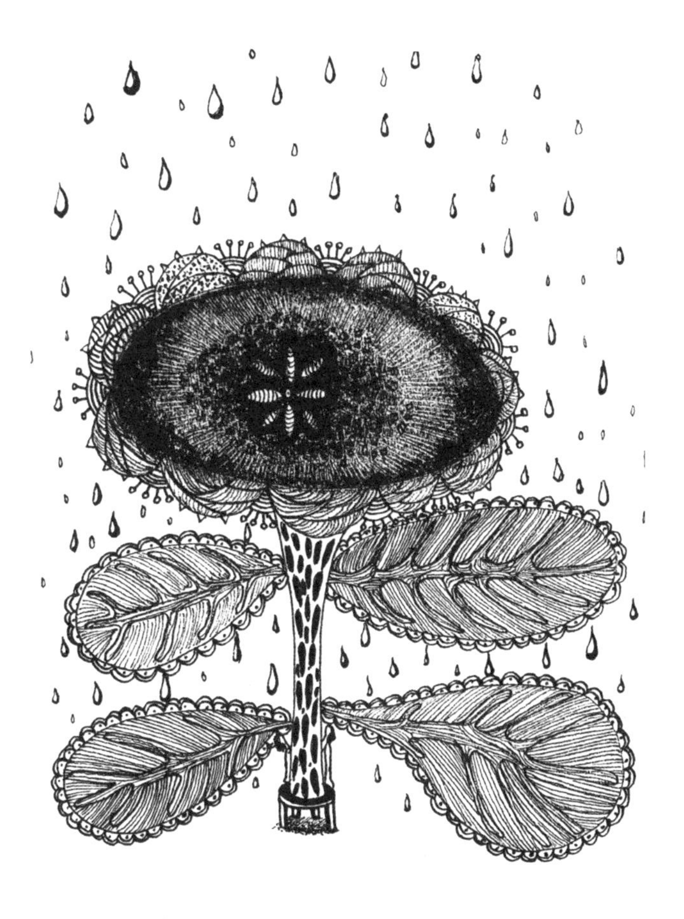

어른의 시간_Etching, Aquatint_30×20_2021

소나기

퇴근길에 갑자기 쏟아져 내리는 비, 일기예보를 꼼꼼히 살피는 성격도 아니지만, 어쩌다 스치듯 살핀 20%의 강우 확률이 맞는 날도 있다. 지나가는 비이기를 바라며, 비를 피할 만한 곳을 찾아 들어간다. 잠시나마 멈춰선 일상을 즐기는 척, 슬로우 라이프의 예찬론자라도 된 양 빗줄기를 바라보고 있지만, 실상 우산을 살 것인가 아니면 창피하더라도 그냥 잠깐 비를 맞고 뛰어갈 것인가에 대한 고민의 시간을 벌기 위함이다.

다른 곳에는 씀씀이가 헤프면서도, 그 얼마 되지 않는 금액이 아까워 궁상맞은 노력으로 버텨 보는 경우들. 그중에서도, 집에 있는 멀쩡한 것을 두고 다시 또 하나를 사는 일이 결코 용납되지 않는 우산. 내 시간을 양보하면서까지 그렇게 기다렸건만 오늘도 무심한 하늘, 빗줄기는 더욱 굵어진다. 원래 이런 비는 잘 그치지 않는다. 내가 우산을 사기 전까지는….

결국 편의점에 들러 우산을 산다. 그리고 내심 불안해하던 머피의 법칙이 슬며시 고개를 든다. 편의점을 떠나온 지 얼마 되지 않아 비가 그치려 한다. 마치 「소나기」의 가사처럼, '벌써부터 정해져 있던 얘기인 듯', 비구름은 '한참을 피어나던 장면에서' 나를 기만하며 떠나간다. 또 그게 뭐라고, 그냥 5000원 짜리 우산 하나 산 걸 가지고, 그간의 삶이 보여 줬던 박복한 타이밍들을 싸잡아 우산에게 투영하는 궁상. '니 인생이 그렇지 뭐!' 어쨌거나 이로써 집구석의 우산꽂이에는 또 한 식구가 늘었다.

일기예보를 보고 우산을 챙겨 나온 사람도 있을 테고, 늘 작은 접이식 우산을 챙겨 다니는 사람도 있을 테고, 전에 깜빡하고 사무실에 두고 간 우산을 펼친 사람도 있을 테고…. 갑작스레 내린 비였지만 모두에게 당황스러운 일이 되지는 않는다. 비는 결코 내게만 내리지 않지만, 나만을 적시는 경우는 있다. 구름은 때가 되어 비를 내리는 것일 뿐, 어떤 목적과 의도를 지니고 내리는 것도 아니지만, 지상에서는 행운과 불운이 그렇게 갈린다.

비와 우산

갑작스레 비가 내린다. 다행히 우산은 챙겨 가지고 나왔다. 그런데 우산을 펴기에는 애매한 강우량. 그래서 가느다란 빗줄기를 기꺼이 맞아 주며 걸어간다. 빗길에 펼쳐지는 역설은, 비를 맞으면서도 당당하고 여유 있게 걸어갈 수 있는 이유가, 펼치지 않은 우산에 있다는 사실이다. 언제든지 우산을 펼 수 있지만, 이 정도 비에는 펴지 않는 것뿐이다. 우산이 없는 조건들과는 같지 않다. 소유란 그런 기능성이다. 그것이 지닌 사용가치를 넘어선, 그것을 지님으로써 얻게 되는 심적 효용까지….

우산을 펴지 않은 채로 비를 맞고 걸어가는 것과, 우산 없이 비를 맞고 걸어가는 것의 차이, 그 사이에 우산이 있다.

그런데 그냥 비에 젖기를 각오한 사람들은, 우산을 펴지 않은 채 비를 맞으며 걸어가는 사람과 별반 차이가 없는 심리상태다. 당당과 여유의 이유가 우산이 아닌 '어차피 이미 젖은 몸'이라는 차이, 그러나 비로부터 가장 자유로운 사람들은 비에 이미 흠뻑 젖은 사람들이다. 하여 정말 무서운 애들은, 더 이상 잃을 게 없는 애들이라는….

카톡 홀릭

헬스장에서 간간이 마주치게 되는, 조금 어이가 없으면서도 다소 짜증이 나는 시츄에이션. 세를 낸 양 내내 한 기구에 앉아서 카톡을 하는 사람들. 나도 그 기구로 세트를 진행하려고 아까부터 기다리고 있는데, 주구장창 앉아서 카톡질이다. 기다리다 못해 기어이 꺼낼 수밖에 없는 한마디,

"아저씨, 다 하신 거예요?"

이 질문을 던지게 하고서야, 자리를 피해 주는 조금 나은 경우도 있기도 하지만,

"아니요, 하고 있는 중인데요."

대답 이후에 여전히 카톡질인 경우도 있다. 운동을 하고 있는 중이라는 것인지, 카톡을 하고 있는 중이라는 것인지. 이건 재치일까? 패기일까?

'요론 씹세끼!'

사과에 대처하는 우리들의 자세_Etching, Aquatint_78cm×175cm_2010

나라도 품위 있으려고, 마음의 소리를 차마 입 밖으로 내뱉지는 않지만, 기구마다 앉아서 그러는 통에 정말이지 환장할 지경. 하여튼 매너 똥인 군상들, 주위에 있는 덤벨을 집어던지고 싶은 순간이 한두 번이 아니다. 타인에게 간단한 예의를 지키는 게 그렇게 어려운 일인가. 한바탕 지랄을 해대지 않으면 그래도 되는 줄 안다.

엘리베이터 안에서

헬스장에서 운동을 마치고 엘리베이터를 타고 내려오다 보면, 거의 모든 층마다 멈춰 설 때가 있다. 그 잠깐'들'이 다소 짜증이 난다. 특히나 2층에서 엘리베이터를 기다리고 있는 사람들은 도대체 뭔가 싶기도 하고….

그런데 이 건물은 지하 5층까지가 주차장이다. 나는 1층에서 내려 집으로 걸어 돌아오다 보니, 그 건물에 주차 시킬 일이 없다 보니, 그들의 입장을 생각하지 않았던 것. 내게 익숙한 동선으로 타인이 닿고 있는 공간의 범주를 간과하는, 그리고 그 몰이해로 그들의 몰상식을 질타하고 있던 무례. 우리가 타인에게 범하는 무례들이 대개 이렇지 않나? 내게 보이는 것들로만 재단하는 나의 경계 밖, 거기서 어떤 삶의 모습들이 펼쳐지고 있는지에 대해서는 도통 관심이 없다. 관심이 없다 못해 때론 필요 이상으로 예민하게 날이 서 있기도….

계단 오르기

G마켓에서 리복 트레이닝 티셔츠를 13000원에 팔길래 하나 주문을 했는데, 너무 뛰어난 신축성의 재질로 인해 숨이 안 쉬어질 지경. 이 쫄쫄이 티셔츠의 딜레마는 그 탄력으로 복부를 어느 정도 보정해 주는 동시에 적나라하게 드러낸다는 점. 자세히 살피지 않고서, 그저 싼 김에 구입한 상품들이 대개 지니고 있는 부작용. 뱃살을 빼고서 입어야 하는 것인지, 이걸 입고서 뱃살을 빼야 하는 것인지가 또한 딜레마.

그래도 이왕 샀으니 계속 입어야겠기에, 복근 위주로 운동을 하고 있다. 그리고 12층에 위치한 헬스장까지 계단을 이용해 오르기 시작했다. 그런데 엘리베이터를 기다렸다 타고 올라가는 시간보다 빠르다. 어차피 운동하러 가는 곳인데, 매일같이 보는 엘리베이터 옆 계단임에도, 왜 진즉에 오를 생각을 하지 않았을까?

마지막 발_Etching, Aquatint_25×25_2016

그때 시작했더라면 지금쯤은 조금 더 나아진 모습, 혹은 조금 더 나아간 상황이었을 거라는, 그런 뒤늦은 후회들. 당시로선 최선이었던, 어쩔 수 없는 결과라고 스스로를 다독이지만, 한편으론 귀찮은 무언가를 계속 회피하고 있었던 순간들은 아니었을까? 앞으로 계속 계단을 오르면서, 내가 무엇을 회피하고 있었던가에 대해 생각해 보려고….

남들은 중독도 된다더만, 왜 나는 그런 거 없는지 몰라. 너무 하기 싫다. 어릴 때는 '몸 좋다'는 소리를 듣기 위한 운동의 목적이라도 있었는데, 이젠 운동의 목적이 사라졌다고나 할까? 물론 건강하자고 하는 운동이긴 하지만, 거울 앞에 앉아 어깨 위로 덤벨을 들어 올리다 보면, 도대체 이게 뭐 하고 있는 짓인가 싶을 때가 종종 있다. 그냥 해오던 거니까, 그냥 계속하는 거다. 가뜩이나 점점 체력도 떨어지는 마당에, 여기서 그만두면 이전까지 몸에 남겼던 흔적도 사라질 판. 산다는 것도 그렇잖아. 이제까지 살아온 시간들이 아무것도 아닌 게 될까 봐, 그냥 계속 열심히 살아가는 거다.

헬스장 구석구석에도 진리의 단면도들이 존재한다. 나보다 더 좋은 몸을 보면서, 그들이 어떻게 운동하는가를 유심히 관찰하기도 한다. 저런 몸이 되지는 못할 바엔, 나는 저런 우락부락한 스타일은 별로라는 자위로, 상대적으로 가녀린 내 몸뚱어리를 긍정하며 돌아서기도 한다.

누굴 가르칠 만한 근육을 지니지 못한 오지랖들이 자신과 별반 다르지 않은 근육량들에게, 광배근 운동은 이렇게 하는 것이며, 전완근 운동은 저렇게 하는 거라는 지식을 늘어놓는다. 몸이 좋은 사람들은 자기 운동하기에 바쁘고, 몸이 좋은 사람들이 더 열심히 운동을 하는 순환. 빈익빈 부익부는 자본에만 한정되는 현상은 아니다. 이미 꽤 할 줄 아는 이들이 더 열심히 하잖아.

웨이트 트레이닝은 근육에 미세한 균열을 내어 그것이 아물면서 크기가 커지는 원리다. 때문에 근력의 한계점에서 '한 번 더' 들어 올리는 것. 힘들 때까지만 하는 것이 아니라, 힘들어도 하는 것. 이젠 너무 흔하게 쓰이는 '생각의 근육'이란 비유, 지평이란 것도 근육과 비슷하지 않을까? 할 수 있는 것들만 하는 것에서 그칠 게 아니라, 그 한계에 균열을 일으키는 한 번 더, 한 번 더. 그리고 그 균열을 메우며 조금씩 넓어지는 것. 그러니까 힘들어도 한 번 더!

고령사회

거의 매번 헬스장에서 마주치는 어르신들이 계신다. 이도 고령사회의 한 단면인 것 같다. 물론 건강 생각해서 오시는 것이기도 하겠지만, 또 딱히 갈 데가 없어서 헬스장으로 모이시는 것 같기도 하고…. 그중에서도 매너 안 좋으신 몇몇 분들. 마스크를 반쯤만 걸치고, 스트레칭 매트 위에서 잠을 청하는 어느 분. 그럴 거면 집에서 주무시지, 왜 굳이 헬스장까지 와서….

나와 인사를 주고받는 한 어르신은 수학교사로 은퇴를 하셨단다. 그 사연을 내가 먼저 여쭤봤겠는가? 운동은 그쯤 해두고 자신과 담소나 나누자는 듯, 광주에서 교사생활을 하다가, 서울로 올라와 어느 중학교에서 은퇴를 했고, 지금은 연금 받으면서 생활한다는 이야기를 어르신이 먼저…. 가끔씩 당신의 나이를 거듭 각인시켜 주신다. 올해 80인데, 나는 아직 이렇게 정정하다는 의미이신 듯. 그런데 은퇴 후 17년째 이렇게 '놀고 있다'고 표현하신다.

얼마 전에는 나를 붙잡고 연금에 관한 구체적인 이야기를 30분 동안…. 당시에 막둥이의 형편이 어려워서, 연금의 반을 일시불로 받고서, 천천히 갚으라고 막내 동생에게 건네셨단다. 그리고 반의 연금을 매달 받고 있단다. 그 뒤의 말이 슬펐다. 자신도 이렇게까지 오래 살지 몰랐대. 마땅히 하실 일이 없으니까, 매일같이 운동만 하러 나오면서, 생명 연장의 꿈을…. 이 또한 역설이지. 그날 이후 굳이 헬스장에 나와 매트 위에 누워 주무시는 그 어르신도 조금은 이해해 보게 됐다.

그 은퇴 교사 분께서는, 가끔씩 감기에라도 걸리시면 한동안 헬스장에 못 나오신다. 요새 또 안 보이신다. 그럴 때마다 무슨 일이 있으신 건 아닌가 싶어서….

2. 가려진 시간 사이로

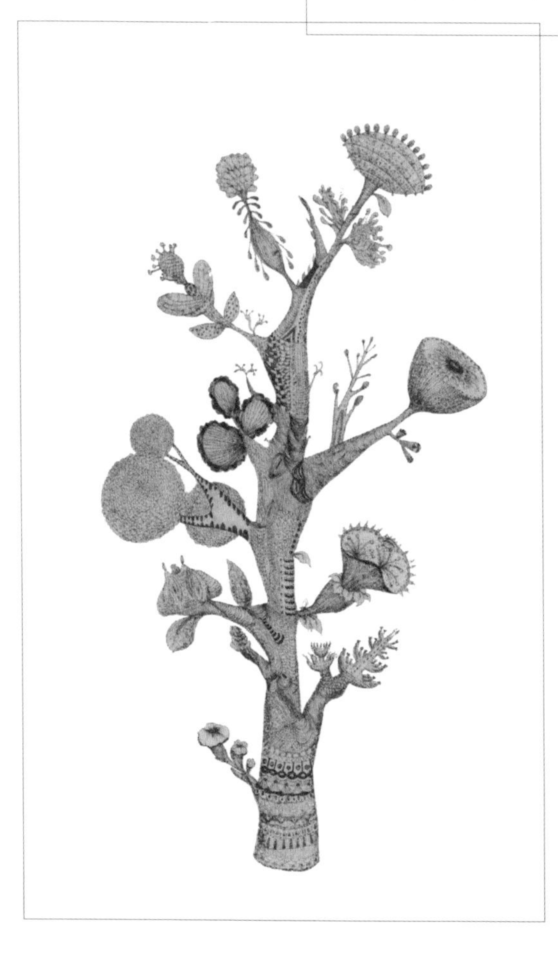

타임머신이
발명되지 않는 이유

이 세상이 자기를 중심으로 돌아가는 줄 아는 듯, 자기중심적 사고로 일관하는 소년이 있었다. 소년은 관계에 서툴렀다. 학교에서도 소년을 좋아하는 반 아이들은 없었다. 소년 역시 반 아이들 모두를 싫어했다. 외로움에 대한 반동은, 남들보다 뛰어났던 학습능력 안으로 숨어들기 시작했다. 실상 할 줄 아는 게 공부밖에 없었고, 너무도 외로워서 공부밖에 할 수 없었던 순환.

어느 날, 교문을 나서는 소년에게 한 노신사가 다가와 말을 건넸다.

"지금을 이렇게 허비해선 안 된단다. 겸손할 줄도 알고, 남들을 배려할 줄도 알아야 하고, 그리고…."

난생처음 보는 사람이 건넨 뜬금없는 훈계에 소년은 어이없어하며 노신사의 말을 가로막는다.

"이 할아버지 미친 거 아냐?"

소년의 성질머리에 기가 찬 노신사는 더 이상의 어떤 말도 할 수가 없었다. 하긴 자신이 누구인지도 모르는 소년에게 다가가 대뜸 하고 싶은 말만 해댄 노신사 자신도 뭐 그렇게 예의가 있는 편은 아니다. 쓸쓸히 멀어져 가는 되바라진 소년의 뒷모습을 바라보다가, 이내 쓸쓸히 돌아선다.

세월이 흘러 소년은 시간을 연구하는 과학자가 되었다. 오랜 연구 끝에 마침내 타임머신을 발명하게 되었지만, 원래부터도 고지식했던 성격은 거듭된 실패 속에서 괴팍해지기까지 했다. 이젠 피붙이도 다 멀어져 버린 그에게 남은 것은 타임머신뿐이었다. 그에겐 타임머신이 지금까지 살아온 단 하나의 이유가 되어 버렸다. 첫 실험 대상은 자신이었다. 저 잘난 맛에 살아오다 그렇게 된 인생이거늘, 내심 그동안 자신이 잃어버린 것들에 대한 보상을 원하고 있었다. 과거로 돌아가 자신의 삶을 바꾸어 보기로 결심한다.

자신이 다니던 학교 앞에서 과거의 자신을 기다리고 있다. 교문 앞을 걸어 나오는 앳된 얼굴을 발견하자마자 다가가 말을 건넸다.

“지금을 이렇게 허비해선 안 된단다. 겸손할 줄도 알고, 남들을 배려할 줄도 알아야 하고, 그리고….”

과거의 자신이 대답한다.

"이 할아버지 미친 거 아냐?"

괴팍한 성격의 그였지만, 자신의 과거 앞에서 더 이상 어떤 말도 하지 못하고 쓸쓸히 돌아설 수밖에 없었다. 자신이 정말로 평생 미친 짓을 하고 살았다는 사실을 깨달아야 했다. 오래전에 이미 자신이 자신을 깨닫게 해주었다는 사실도 아울러…. 자신에게서조차 외면당할 정도로, 자신은 여전히 관계에는 서툴렀다. 그 시절과 달라진 게 없으니, 그 시절로 돌아간들 바꿀 수 있는 게 없었다. 변하는 것은 아무것도 없었다. 과학자는 현재로 돌아와 타임머신을 부수었다. 그리고 우리는 여전히 타임머신이 발명되지 않은 현재를 살아가고 있다.

아이유가 고등학생이던 시절의 일화 하나. 수업을 하는 도중에 어쩌다 나와 동갑내기인 남자 배우의 이야기가 나왔다. 그리고 그와 내가 동갑이라는 이유만으로 학생들의 치사한 비교가 시작됐다. 그래도 내가 어른인데, 그 비교가 뭐라고, 생각해 보면 그렇게 연예인과 비교가 되었다는 사실 자체만으로도 영광이었던 것인데, 울컥하는 마음에 어른스럽지 못한 한마디를 내뱉고 말았다.

"니들도 아이유는 아니잖아!"

아이들이 가만있을 리 없다. 진짜 욕 열나게 얻어먹었다. 아이들의 논리는 늘 이런 식이다. 시비는 지들이 먼저 걸어놓고선…. 어른스러운 모습이란 그런 게 아닐까? 치기를 치기로 되받아치기보단 내가 조금 더 미덕을 베푸는 것. 그러면 되는 일인데, 가끔씩은 지금도 어른스럽지 못하다.

어른이 지니는
신뢰도와 타당도

이유를 불문하고 청춘들의 피곤한 시절을 이해하는 너그러운 시선들이 있는 반면, 너만 그런 시절이 있었냐며 유난을 질타하는 '말씀'들이 있고…. 이마저도 말 따로 행위 따로인 경우가 넘쳐나고…. 경험을 지닌 그 모두가 어른이 되는 것이 아니거니와, 지닌 경험이 모두 지혜로 전환되는 것도 아니다. 경험을 가지고 다시 어떤 경험을 하느냐에 따라, 누군가는 어른이 되고, 누군가는 그냥 미성년을 벗어날 뿐이다. 물론 '어른'이라는 시간 자체에도 신뢰도와 타당도를 따져 물어야 할 일이고….

콩팥을 건다

학교에 재직하던 시절, 남학생들의 도발이 끊이지 않았던 적이 있었다. 그 내기란 것이, 자유투 대결을 해서 내가 지면 그 반 모두에게 맛있는 간식을 사주는 조건. 내가 그냥 사줘도 그만인 일이지만, 그들은 정당한 보수를 원한다. 내게는 합당한 보수가 설정되어 있지 않다는 사실까지는 감안하지 않는다. 그들은 마지못해, 내가 이기면 앞으로는 수업을 잘 듣겠다는 조건을 내건다. 웃긴 건, 지금까지는 내 수업을 잘 안 듣고 있었다는 고백을 천연덕스럽게 건넨 것이기도 하다는 사실. 더 웃긴 건, 이 비상식적인 내기가 늘 이행이 되었다는 사실이다.

나는 승부욕이 그렇게까지 강한 편은 아니다. 게다가 틈날 때마다 운동장으로 나가서 농구공을 튀기는 놈들을 이겨 낼 재간도 없다. 더군다나 현장을 둘러싸고 있는 같은 반 녀석들의 편파적인 응원, 내 편은 아무도 없다. 문제는 내가 농구를 전혀 못하는 편도 아니라는 점, 성장의 과정 내내 농구공이 손에 익을 수밖에 없는 환경이었다. 그렇다고 내가 그 편파적 분위기를 극복하며 이기게 되는 경우도 눈치 없는 짓이다. 이길 수도 없지만, 이겨서도 안 된다. 나는 그들의 투지를 불태워 주기 위한 밑밥으로 하얗게 불살라져야 하는 그런 존재였다.

어느 날인가 농구 동아리 주장이 도발을 해왔다. 기꺼이 응해 줬다. 그런데 평소 때는 백발백중이던 녀석이, 그날따라 몸에 힘이 잔뜩 들어가 있었다. 얼떨결에 내가 이겼다. 5개의 자유투 중에 2개를 성공시킨 것뿐인데…. 녀석은 한 개만을 성공시켰다. 구경을 하고 있던 반 친구들이 쏟아 내는 온갖 타박 사이로, 터벅터벅 걸어 들어가는 녀석의 뒷모습이 어찌나 안쓰럽던지.

녀석이 리벤지 매치를 요구한다. 또 기꺼이 응해 줬다. 이번엔 서든데쓰까지 가는 긴박한 승부, 하지만 또 나의 승리로 끝이 났다. 그 이후 녀석은 귀찮을 정도로 나를 따라다니며 다시 승부에 응할 것을 요구했다.

“난 하수랑은 하지 않는다.”

나의 장난 섞인 거절에 더욱 오기가 발동한 녀석은 급기야 무리수를 던지고 말았다.

"선생님! 제 콩팥을 걸겠습니다."

한날 사제지간의 자유투 대결에 이젠 장기 밀매 브로커가 따라 붙을 판. 그 노력이 가상해서 그냥 다시 한 판 붙어줬다. 그냥 져주어도 그만인 것을, 그렇게 나오니 이젠 내가 지기 싫었다. 결국 또 내가 이겼다. 아~ 놔, 이 빙신! 이기는 것도 미안하게…. 어찌 됐건 녀석의 콩팥은 내 소유가 되었다.

며칠 뒤 퇴근길, 지인들을 만나러 가는 길에 경미한 장트러블로 지하철역 화장실을 이용할 일이 있었다. 긴박한 순간이 지나고 몸과 마음이 평온을 되찾자마자 눈에 들어온 것은, 화장실 문에 붙은 장기 매매 스티커. 아직 변기에 앉은 채로 그것의 손상을 최소화하며 떼어 내려는 정성의 손길이 이어졌다.

다음 날 5교시, 농구 동아리 주장 반의 수업이다. 식곤증과 사투를 벌이는 몽롱한 영혼들을 위해, 15분을 남기고 오침의 은혜를 베풀었다. 그리고 조용히 녀석에게로 다가가, 지하철역 화장실에서 정성껏 떼어 온 스티커를 녀석의 책상에 지그시 눌러 붙였다.

"정민아! 브로커 구했다. 배 째자!"

18년밖에 되지 않은 싱싱한 콩팥을 저당 잡힌 녀석의 도

전은 멈추질 않았다. 결국 그다음의 승부에서 그 반 모두가 간식을 먹을 수 있었다.

나의 의지만으로 살아가는 것이 아니라 타인의 의지와 상황의 의지도 한데 섞여 살아가는 삶의 현장이기에, 의외성이라는 것이 늘 존재한다. 그래서 희박한 가능성이 실현되기도 하지만, 충분한 능력을 지니고 있으면서도 되지 않을 때가 있다. 이럴 수도 있고, 저럴 수도 있는 게 인생이지 않던가. 긍정의 가능성만을 염두하고 있다가 '의외'의 실망으로 무너지는 것도 과도한 자애감에서 비롯되는 체념일지 모른다. 그 자애감을 포기할 수 없다면, 긍정의 가능성도 포기하지나 말던가. 다시 밝아오는 우리의 하루에 건투를 빈다. 그리고 콩팥을 건다.

차이의 풍경

교직 시절, 가끔씩 수업이 없는 공강 시간에 복도를 지나게 될 일이 있을 때면, 각 교실에서 각 과목 선생님들에 의해 시간 차로 들려오던 교과지식.

"이 글의 주제는, x값에 비례하여, 미토콘드리아의 하지메마시떼!"

각자의 전공을 사랑하는 대표적 집단이 교사들 아닐까? 그래서인지 그런 가치관이 언행으로 나타나기도 한다. 그런데 이 바닥으로 건너와서 그런 경우를 더 겪는다. 글과 책을 다룬다는 자의식들이 부딪히는 순간, '차이에 대한 존중'이란 말은 또 오지게 떠들어 댄다.

철학자 들뢰즈가 말하는 '차이'는 다름의 교설과는 또 다른 차이가 있다. '다름'이란 무엇과 비교해서 다른 것이지만, '차이'는 오롯한 나에 관한 이야기다. 너에 대한 나의

소리 없는 외침_Etching, Aquatint_56×75.5_2016

다름을 이야기하려는 게 아니다. 너의 차이를 존중받으려면 남의 차이부터 인정을 해야지. 인정도 존중도 없으니 그 불편함이 계속 '반복'되는 것이지.

수원에서 근무하던 시절에 있었던 일. 퇴근 후에도 아무런 약속이 없었던 어느 불금, 하릴없이 TV 채널만 이리저리 돌리고 있는 무료한 일상으로 걸려 온 직장 동료의 전화 한 통.

“뭐 하고 있어?”

“뭐 하고 있긴, 당신 전화받고 있지.”

“심심하면 여기로 와!”

그 ‘여기’란 다른 부서의 회식자리였다. 직장 동료가 나의 심심한 금요일 저녁을 걱정하고 있었던 건 아니다. 그 부서의 남교사들이 나와 당구를 즐겨 치는 멤버들이었기에, ‘겐빼이’라도 치려면 당장에 내가 필요했던 것.

100만의 인구가 모여 살고 있는 수원이란 도시는 면적도 상당히 넓다. 교통체계는 서울의 영향권이지만 생활체계는 상당히 지역적이어서, 수원의 거주자들에겐 수원의 전 지역이 활동범주이다. 다른 부서 교사들은 아직 내가 한 번도 가보지 않았던 동네에 모여 있었다.

'구운동'에 있는 '일월'초등학교 앞으로 오란다. 사건의 발단은 전화상으로 전해진 위치정보를 잘못 조합한 내 단기기억이었다. 나는 택시 기사님께 '일원동'에 있는 '구운' 초등학교로 가달라고 말씀드렸다. 비극은 수원에는 구운초등학교도 있다는 거. 실상 수원에는 존재하지 않는 일원동의 단서가 붙였음에도, 기사님은 초등학교 이름만 듣고서 나를 구운초등학교 앞에 내려 줬다.

때마침 걸려 온 동료교사에게 전화.

"태권도장 보이지? 피아노 학원 위에…. 그 건물 앞에 있어."

태권도장 아래에 피아노 학원이 있는 건물 앞에서, 아무리 기다려도 오지 않는 동료교사. 다시 걸려 온 전화.

"어디야?"

"피아노 학원 앞에…."

"어? 나도 피아노 학원 앞인데, 위에 태권도장 보여?"

"응."

"뭐 어떻게 된 거야? 혹시 후문에 있는 거 아니야?"

"아니야, 정문 맞는데."

"태권도장에 용인대라고 쓰여 있어?"

용인대? 내가 바라보고 있는 태권도장은 경희대라고 적혀 있었다. 그제서야 내가 잘못된 장소에서 오지 않을 이를 하염없이 기다리고 있었다는 사실을 깨달았다. 다시 택시를 잡아타고 일월초등학교 앞으로 간다. 그리고 용인대라고 쓰여 있는 태권도장 아래에 피아노 학원이 있는 건물 앞에서 나를 기다리고 있던 동료교사를 만났다. 어찌나 반갑던지….

사람들이 살아가는 곳의 풍경이란 게 죄다 비슷비슷한 시절이다. 스타벅스 옆에 카페베네가 있고, 던킨도너츠 옆에 파리바게트가 있고…. 분당이나 일산이나 평촌이나 동탄이나, 어느 곳에 있어도 그 도시의 특징이란 것이 잘 느껴지지 않는 시간과 공간의 안배. 우리는 이 풍경을 발전의 양상이라고 생각한다. 나름대로 나아가는 것이 아니라, 동일한 모델로의 싱크로율을 따지는 획일화된 가치와 욕망. 도시의 풍경은 현대를 살아가는 우리들의 자화상이기도 할 게다.

공간은 그곳을 딛고 살아가는 인간들의 가치를 투영하기 마련. 그리고 그 공간이 매개하고 있는 시간을 다시 자신들의 가치에 반영한다. 즉 공간은 그 안을 흐르고 있는 시간의 표현이기도 하다. 공간은 인간의 정신 체계로 순환하는 시간적 성격이다.

프렌차이즈화 되는 도시의 전형은 이젠 지방으로까지 내려와 있다. 공간은 저 자신의 로컬적 정체성으로 구분되는 것이 아니라 서로를 비출 뿐이다. 이미 우리에겐 그런 풍경 안에서의 일상이 편하고 좋다. 우리의 사유는 충분히 프렌차이즈적이며, 우리의 삶은 도시의 무의식대로 흘러간다.

이런 정신과 현상의 순환 속에서, 각자의 풍경이 사라진다. 각자의 '시간'이 사라진 곳에, 각자가 지어 올려야 할 '존재'가 사라진다. 도시의 무의식으로 살아가는 사람들이 모여 사는 도시이다 보니, 각자가 추구하는 가치라는 것도 죄다 비슷비슷하다. 꿈의 가치조차 획일적 경쟁으로 인한 병목현상을 겪는 시절, 간혹 너무 비슷비슷한 모습에, 잘못된 장소에서 오지 않을 것을 기다리는 경우도 있다는 거. 너무도 비슷비슷한 초등학교와 태권도장과 피아노학원이 있는 풍경 안에서처럼.

현대인이 안고 사는 정신의 병은, 그렇듯 각자의 풍경과 스스로의 스토리텔링을 지어 올리는 데에 서툰 능력에서 기인하는지 모른다. 쇼윈도에 진열된 상품과 쇼윈도가 배

따로 또 같이 Etching, Aquatint 92 × 120 2010

열된 거리, 도시는 우리의 의식을 디스플레이하는 하나의 인격이다. 도시의 표상들을 만끽하며 사는 것이 과연 우리의 욕망일까? 아니면 도시가 우리를 숙주 삼아 저 자신의 풍경을 유지하고 있는, 구조화된 욕망일까?

야구의 추억

나는 아직도 초등학교 때 썼던 야구글러브를 간직하고 있다. 실상 '간직'이라고 표현하기에는, 내 의지의 결과가 아니다. 내 기억에서도 방치되어 있었던 유년시절을 엄마가 간직하고 계셨다. 다른 물건은 내가 버리지 말라고 해도 잘만 버리시면서, 저건 왜 여태 보관하고 계신 걸까?

우리 동네에서는 '찜뽕'이라고 불렀는데, 그냥 테니스공으로 펑고를 하듯 점수를 냈던 게임. 어릴 적부터 따라다녔던 동네 '형아'들이 어느 순간부터 나 몰래 어디론가 사라지기 시작했다. 그리고 인근 공터에서 찜뽕을 하고 있던 그들을 발견했다. 언제 장만한 것인지, 그들의 손에는 모두 야구글러브가 끼워져 있었다. 그래서 엄마한테 야구글러브를 사달라고 졸라 댔을 게다. 형들하고 함께 그 놀이를 하고 싶어서….

긴 하루 지나고 언덕 저편에 빨간 석양이 물들어 가면
놀던 아이들은 아무 걱정 없이 집으로 하나 둘씩 돌아가는데

「사랑한 후에」의 가사에 등장하는 아이들처럼, 노을이 지도록 놀다가 집으로 돌아가던 아이의 손에는 야구글러브가 쥐어져 있었다. 공터에 내리쬐는 오후를 고스란히 야구와 맞바꾸었었던, 햇빛 쏟아지던 날들. 걱정이라곤 늦게까지 밖에서 놀다 왔다고 엄마에게 혼나는 일에 관한 것밖에 없었던, 그러고도 다음 날이면 또 늦게까지 놀다 오곤 했던, 그런 시절이 있었다.

꿈이라고 할 것까진 없지만, 어린 시절에는 참 야구를 좋아했었다. 마침 내가 다니던 초등학교에는 야구부가 있었기에, 가끔씩 방과후에 야구부들이 훈련하는 모습을 먼발치에서 지켜보다가 가곤 했었다. 나도 4학년이 되면 야구부에 들어갈 거라는 기대에 찬 상상과 함께…. 그러던 어느 날 야구부 코치의 눈에 들 일이 있었다. 훈련 도중에 운동장 이곳저곳으로 날아들던 야구공, 그 공을 집어 홈 쪽으로 굴려 던지는 몇몇 야구부원들이 배치되어 있었지만, 그들이 미처 잡지 못해 내 발 밑으로 굴러 온 공을 내가 던져보고 싶었다.

어린 마음에 야구부원들이 지켜보는 앞에서 내 어깨의 튼실함을 증명해 보고 싶었던 것 같다. 있는 힘껏 홈을 향해 쏘아 올린 작은 공, 그러나 그때까지만 해도 그 송구가 그렇게까지 욕을 먹어야 할 일인 줄 몰랐다. 저 멀리서 야구부 코치가 나를 부른다. 내심 '자네 야구 한번 해볼 생각 없나?'의 칭찬을 기대하고 달려갔건만, 나를 기다리고 있던 사건은 꿀밤 몇 대였다. 잇대어진 꾸중의 내용은 대강 이랬었던 것 같다. 왜 야구부 기물에 함부로 손을 대며, 훈련하고 있는 야구부원들 머리에라도 맞으면 어쩌라고 그렇게 던지느냐고….

먼저 나의 잘못을 반성하기에는, 그 상황 자체를 꽤나 치욕적으로 느껴졌던 듯, 그저 꿀밤 몇 대에 눈물이 핑 돌았다. 애정을 가졌던 사람과의 관계가 틀어지면 보다 깊은 증오로 돌아서듯, 그날 이후 나는 야구부에 대한 불편함을 지닌 채 운동장을 둘러 가야 했다. 야구부가 되지 못한 사연에 이 이유가 전부는 아니었으니, 애초부터 야구와는 인연이 없었던 경우였던가 보다. 그날 내가 그 공을 주워 던지지 않았더라면, 하는 뒤돌아선 가정을 상상해 보지도 않았다. 어차피 그 사건과 하등 상관없는 미래가 기다리고 있었기도 했고….

돌아보면 살아온 시간들이 다 개연적인 건 아니잖아. 혹 내가 감지하지 못하는 개연성으로 관여하고 있었는지도 몰라도, 또 이제 와서는 아무래도 상관없는 시간들. 처음에는 내 스스로 큰 의미를 부여하며 다가섰어도, 나중에는 그저 기억으로서의 의미밖에 남지 않은 시간들. 또 그런 게 삶이기도 하잖아. 그 일을 왜 겪어야 했는지, 혹은 왜 그토록 비껴갈 수밖에 없었는지를, 어찌 다 일일이 해명하고 살 수 있겠나? 어쩌면 그 해명되지 않은 시간의 토대 위에 정립되는 의미들인지도 모르고, 지금은 알 수 없는 것들이 먼 훗날에 해명이 되기도 하고….

선영이 이야기

초등학교 시절의 운동회, 어려서부터 운동을 좋아했던 나는 곧잘 계주로 뽑히곤 했다. 좋아하는 마음을 괴롭히는 것으로밖에 표현하지 못했던, 그래서 무척이나 나를 싫어했던 선영이까지 나를 응원하고 있는 5학년 2반. 반 아이들의 기대를 등에 지고서 바통을 기다리고 있던 순간, 잘 달려 보겠다는 설렘인지. 잘 달려야 한다는 부담감인지 모를 감정들로 요동치던 심장. 뜀박질은 아직 시작도 되지 않았건만, 심박만 놓고 본다면 전력질주는 아까부터 진행되고 있었어야 자연스러울 판이다.

우승 상품이래야 고급 스프링노트가 고작이던 시절, 하지만 아이들에게 그 노트가 절실하게 필요했을 만큼 어려운 시절도 아니었다. 게다가 일반노트로 받을 것이냐 스프링노트로 받을 것이냐가 오로지 나의 각력으로 결정되는 사안도 아닌 협업의 질주. 그러나 너희들의 가슴팍에 스프링을 꽂아 주겠다는 일념으로, 치타에게 쫓기는 스프링 벅마냥 항상 필사적으로 내게 할당된 거리를 내달렸던 것 같다.

계주의 순번에도 클래스가 있다. 스타트가 빠른 친구, 라스트 스퍼트가 좋은 친구 할 것 없이, 마지막 주자가 되고자 하는 열망들이 충돌한다. 이 순서는 대개 서로의 장단을 떠나서 가위바위보의 우연으로 결정된다. 그해 나는 확률을 극복하고 가장 스포트라이트를 받는 마지막 주자가 되었다. 그러나 하필 그해, 내 앞 차례에서 가장 앞서 바통을 건네받았던 녀석이, 내게로 달려오던 중 운동장 바닥에 얼굴을 처박으며 고꾸라졌다. 처참하다기보단 우스꽝스럽단 표현이 더 적절할 정도. 녀석을 피해 지나치던 다른 반 아이들의 발길에서 이는 흙먼지 사이로, 떨어뜨린 바통부터 찾아들던 녀석이 곧바로 일어나 다시 달렸지만, 이미 한참을 벌어진 다른 주자들과의 거리, 영광의 순간은 나의 능력치 밖의 일이 되어 있었다.

바통터치가 이루어진 다른 반의 마지막 주자들이 떠난 자리에, 덩그러니 홀로 남겨진 뻘쭘함. 분명 아주 잠깐의 기다림이었을 텐데, 그때는 왜 그리도 길게만 느껴지던지. 익숙한 학교 운동장에 낯설게 내던져진 듯했던 그 서늘한 느낌이 아직도 생생한 이유는, 그 이후 성장의 과정에서 적지 않게 다시 겪어야 했던 심정이기 때문이다.

그녀 역시도 나에게 마음이 있는 줄 알고 다가선 고백이었건만, 돌아온 정중한 거절이 너무도 진실돼 보여서, 더욱 창피한 마음으로 돌아설 수밖에 없었던 어느 날. 대학에 가지 못해 고교동창들의 2학기 수강신청 이야기를 알아듣지 못하고 있었던 재수 시절의 어느 날. 면접관의 질문에 제대로 된 대답을 하지 못하고, 그저 다른 이들이 쏟아 내는 모범답안을 듣고 앉아 있어야 했던 백수시절의 어느 날. 왜 내겐 그토록 제시간에 전달되는 바통이 없었을까?

바통을 기다리고 있던 내 뻘쭘함에 겹쳐지는 또 다른 기억은, 바통을 넘기는 그 짧은 순간 동안 스친 친구의 표정이다. 금방이라도 울음을 터뜨릴 것 같은, 얼굴에 가득 묻어나던 미안함이 바통에 실려 건네진다. 최대한 각 나오게 결승선 테이프를 끊어야 한다는 강박으로, 잠시나마 넘어진 친구를 향했던 원망은 이미 연민으로 변해 있다.

'걱정 마! 내가 다 따라잡을게!'

눈빛으로 전한 내 마음을 알아들었을까? 따라잡을 수 없음을 알면서도, 녀석이 미안해하지 않게 하기 위해서, 기분상으로는 거의 초음속 전진, 정말이지 힘차게도 달렸던 것 같다. 아직 기적은 있을 거라는 믿음으로, 앞서 달려간 무리 뒤에서 나 홀로 달리고 있다는 뻘쭘함을 바람처럼 가로질러, 별 이변 없이 꼴찌로 들어왔다.

어린 시절에는 이런 순수한 정의감이라도 지니고 있었던 것 같은데…. 어른으로 자라나면서 그 순수를 비집고 들어차는 현실감, 어느덧 합리에만 무젖은 사유의 뇌압은 맹목적이고도 낭만적인 무모함을 생각 밖으로 밀어낸다. 쌔빠지게 달려 봐야 어차피 따라잡을 수 없는 거리, 결과는 불을 보듯 뻔하다. 나 홀로 달려가고 있는 뻘줌함과 초라함도 남들에게 보이기 싫다. 그래서 차라리 바통을 집어던지며 앞주자에게 따져 묻기 일쑤다. 왜 거기서 병신같이 넘어졌냐고, 너 때문에 이제 다 글렀다고…. 굳이 달려야 할 이유도, 달리고 싶은 의지도 없다.

한참을 늦었어도 전력으로 달려가 보는 이유가 이미 1등을 위해서는 아니다. 내 앞에서 달리던 모든 주자들이 서로 뒤엉켜 넘어지는 쌔뻑이 기다리고 있을지도 모를 일이라는 기대감에서는 더더욱 아니다. 체념의 울부짖음과 함께 바통을 집어던지느니, 최선을 다해 져보기도 하는 거다. 저 멀리서 아직 선영이가 지켜보고 있거든. 지금 상황에서야 어떤 모습도 멋있어 보이진 않겠지만, 가뜩이나 나를 좋아하지 않는 그녀에게 그런 미덥지 못한 모습까지 들킬 필요 야.

가끔씩은 그 순간의 선영이를 운명의 인격화로 빗대어 볼 때가 있다. 그 순간만큼은 내게 승리의 여신이 아니었어도, 인생의 총체성으로 다가섰을 땐, 오디세우스의 여정 내내 함께한 아테나일지도 모른다는 믿음. 그런 믿음마저 없으면 바통을 놓쳐 버린 그 한순간이 내 인생 전체를 삼켜 버릴 테니까. 하여 이미 한참을 늦어 버린, 홀로 달리고 있는 뺄쭘함을 가로지르며, 심장이 터지도록, 숨이 가빠 오도록, 다시 달린다. 나의 여신과 함께….

골목 문화가 존재하던 시절에도, 그 골목을 좌지우지하던 권력은 연륜과 힘이었다. 동네에서 싸움을 제일 잘하는 형이 뭘 하자면 다 하는 도당(徒黨)의 시스템. 그러나 그 계급을 전복시키는 가치들이 존재했으니, 딱지와 구슬 같은 자산이었다. 그 시절부터도 마르크스는 유효했다는 거.

소비를 자극하는 디자인 철학들도 있었으니, 일명 '콜라 다마', '사이다 다마', '사기 다마'에 이르기까지…. 그 시절부터도 보드리야르 또한 유효했다는 거. 실전용이라기보단 의장용의 성격이 강했음에도, 구슬을 모두 잃은 소년이 꺼내드는 마지막 카드는, 적어도 잃어서는 안 될 그 구슬들이었다.

동심의 세계에도 냉담한 현실은 존재하는 법. 결국 모든 것을 잃은 소년에게 덧대어지는 비극은, 최하급의 '구슬러'나 하는, 문방구에서 '구슬 구매하기'이다.

'어디서부터 잘못된 걸까?'

'어쩌다 여기까지 온 것일까?'

이로 말할 수 없는 자괴감은, 내게서 모든 걸 앗아 간 동네전파사 둘째 아들 경민이를 향한 복수심으로 변해 있다.

그 시절에는 구슬로 할 수 있는 놀이들이 많았다. 그리고 놀이 방식에 따라 구슬을 쥐는 스킬도 다양하게 분화한다. 그 어린 나이에 구형의 물체가 발하는 '시내루'의 중요성을 깨달아야 하는 놀이도 있었으니 말이다. 교육학에서 지겹도록 외워야 하는 챕터가 페스탈로치와 프레벨, 케르센슈타이너로 이어지는 '노작(勞作)'이다. 손으로 무언가를 만드는 행위 속에서 뇌가 발달한다는 논리. 손으로 느끼는 세상 안에서 손이 행하는 놀이가, 우리의 지성을 계발시킨다는 것.

요즘 아이들에게 손을 사용해 놀 수 있는 놀이가 얼마나 될까? 하긴 구슬이 굴러다닐 수 있을 만한 땅을 찾아보기도 힘든 시절이다. 컴퓨터 자판을 가지고 논다는 것이 그나마의 위안일까? 놀이가 될 수 있는 것들은 뒤로 밀리는 조기교육 세태. 그러나 또한 일부러 시간을 내어 시골학교 운동장을 찾아가 구슬치기를 '체험'하는 시대. 지식은 늘어났

그곳_Etching, Aquatint_10×10_2019

지만 지성은 줄어들었다는 시대의 역설은, 손과 지성의 관계로부터 해명해야 할 사안이지는 않을까? 이 또한 무엇을 잃어버린지도 모른 채 찾아 헤매고 있는, 우리의 '오래된 미래'인지도 모를 일이다.

가려진 시간 사이로

혀의 발달이 보통사람들보다 늦는 경우들이 있다고 한다. 바로 어린 시절의 내가 그랬다. 매운 음식을 잘 먹지 못하는 아이였다. 엄마는 내가 초등학교에 들어가기 전까지 김치를 물에 씻어 먹였다. 아무리 그 영양학적 가치를 인정받는 우수한 발효음식이라지만, 그렇게 씻어 먹이는 김치가 백김치의 맛도 아닐뿐더러, 배추 고유의 영양가 말고 또 무엇이 들어 있었겠는가? 그 어린 나이에도 이 점이 의심스러워 늘상 엄마에게 따져 물었지만, 엄마는 늘상 김치를 물에 씻으셨다.

초등학교에 입학한 이후에도, 내 도시락 속에 김치 종류의 반찬은 없었다. 김치를 씻어 먹을 의지도 없었거니와, 학교에서까지 김치를 씻어 먹을 번거로움을 감당하기에는 점심시간은 너무 짧았다. 그러던 어느 날의 점심시간, 담임교사는 교실에 있는 자신의 책상 앞으로 나를 불러 세우더니, 뜬금없이 자신이 싸 가지고 온 총각김치를 반 아이들이 보는 앞에서 우걱우걱 씹게 했다. 내가 매운 걸 못 먹는다는 사실을 반 아이들에게 밝히면서…. 나중에 안 사실이지만, 엄마가 매운 음식을 먹지 못하는 내가 걱정되어서 담임과의 면담 중에 그 이야기를 하셨단다.

반 아이들 앞에서 총각김치를 씹어 먹은 일에 별 다른 창피함을 느낀 건 아니었지만, 반 아이들은 그제서야 내가 매운 음식을 먹지 못한다는 사실을 알아 버렸다.

"넌 왜 매운 걸 못 먹어?"

아이들의 질문 공세에, 그것이 창피한 일이라는 사실을 처음 깨달았다. 결코 편식을 하느냐 안 먹은 게 아니라, 먹을 수가 없어서 못 먹은 것인데, 친구들은 나에게 '왜?'를 물었다. 의도한 바는 아니었겠지만, 담임교사 나름의 교육철학이 담긴 이벤트였겠지만, 담임교사는 나에게 창피함을 가르쳐 주었던 것이다.

그런데 그날 담임교사가 건넨 총각김치는 맵지가 않았다. 이미 매운 것을 먹을 수 있을 정도로 튼튼한 미각으로 자라나 있었지만, 그동안 확인하려 든 적이 없었던 것뿐이다. 매운 것을 못 먹는다는 스스로를 향한 믿음 탓에, 매운 것을 먹어 보려는 시도는 없었고, 매운 것을 먹을 수 있는 나의 능력이 여전히 발견되지 않고 있었던 것. 얼마 동안의 시간이었는지는 모르지만, 실상 나는 어느 순간부터 편식을 하고 있었던 셈이다.

그전까지 나에겐 짜장면이냐 짬뽕이냐의 민족적 고민은 이해가 가지도, 관심을 가져 본 적도 없던 주제였다. 주제는 나에게서 소외가 되어 있었고, 나는 민족에게서 소외가 되어 있었던 어린 시절. 그러나 담임교사의 총각김치 사건 이후, 나는 민족의 고민을 지금까지 함께 해오고 있다.

경험에 대한 믿음이란, 때론 잠재의 시간을 은폐하는 시간의 독단이기도 하다. 어쩌면 이번엔 될지도 몰라.

태어나서 지금까지, 나는 길거리에서 파는 번데기를 먹어 본 경험이 5번이 안 된다. 알레르기를 지니고 있어서, 먹은 직후에는 반드시 온몸에 두드러기꽃이 피어오른다. 문제는 내가 번데기에 대한 혐오감이 전혀 없다는 사실, 오히려 바람에 실려 오는 거리의 유혹에 환장할 지경이다. 그 유혹을 못 참고 기어이 감행한 모든 시도가 두드러기의 고역으로 이어졌다.

이 길거리 음식과의 마지막 기억은 고등학교 3학년 때이다. 친구들과 기능성 운동화를 사러 서울로 올라와 들렀던 동대문시장, 친구들이 사 먹는 번데기가 너무나 맛있어 보이길래, 나도 그냥 먹었다. 시간이 조금 지났는데도 괜찮길래, 김치와 같은 경우인 줄 알았다. 그러나 몸은 거짓말을 하지 않는다. 몸의 진심이 내 믿음보다 강했다. 기차를 타고 집으로 내려오는 내내 온몸 구석구석을 긁어 댔다. 보다 못한 친구들은 짜증을 내기까지 했다. 알레르기가 있는 줄 알면서도 왜 굳이 집어 먹었냐며…. 오죽 먹고 싶었으면 그랬겠는가? 그러게 왜 내 앞에 그렇게 맛있게들 처자셨는가 말이다. 그 많고 많은 길거리 음식들 중에 하필 번데기를…. 그 이후부터 지금까지 번데기를 한 번도 먹지 않고 있다.

도저히 어찌할 수 없는 영역들도 있다는 거. 번데기를 계속 참고 먹었다면 언젠간 알레르기를 이겨 낼 수 있는 내성이 생겼을 것이라는 긍정의 복음들도, 그 가려움을 직접 겪어 보지 않고 떠들어 대는 무책임하고도 공허한, 말 같지 않은 말. 하지만 자신의 한계가 어디까지인지를 알기 위해서 일단 먹어 볼 필요는 있다. 번데기의 경우일지, 김치의 경우일지. 한계는 미리 설정되는 것이 아니라, 자신에게서 확인된 것에 한해서만 한계라는 거.

인셉션

아주 가끔씩 꾸게 되는 꿈의 패턴. 꿈에서 깨어났는데도 아직도 꿈이고, 다시 깨어났는데도 여전히 꿈속인 그런 꿈. 그렇다면 이건 중층의 꿈일까, 아니면 병렬식의 꿈일까? 깰 줄 모르고 덧대고 잇대던 꿈이 멈춘 순간에 마주하는 내 방 천정이, 아주 오랜만에 돌아온 듯 그렇게 낯설 수가 없는…. 떠난 적도 없는 자리에서 '다시 돌아왔다'는 안도감으로 내쉬는 한숨이 천정에 닿기도 전에 이불을 박차고 벌떡 일어나, 또 어찌 됐건 꿈보다는 감흥이 없는 일상으로 던져지는 이 현실이라는 것.

돌아보면 그 꿈의 구조와 별반 다르지 않았던 현실의 시간들을 살아온 것 같다. 그 순간에는 대강 안다고 생각했었는데, 조금의 시간이 지난 후에 되돌아보면 내가 뭘 모르고 있는지도 모르고 있었던 순간이었고…. 분명 그 순간에는 최선이었는데, 다시 돌아보면 그것에도 최선을 다했어야 할 무언가를 보지 못하고 있었고…. 이제는 깨달았나 싶었는데, 여전히 모르고 있었던 순간들을 새로이 발견하며 계속해서 깨어나야 했던 이 삶이라는 것.

먼 미래에서 돌아보면 지금의 나는 또 무엇을 모르고 있을까? 그런데 삶이란 게 또 그렇지 않나? 대강을 미리 알고 있는 반복조차도, 수월하고 무난한 '다시'인 건 아니니까. 중층 혹은 병렬로 잇대고 덧대는 반성과 각성을 살아가다 보면, 그 무지와 미지 사이로 다가오는 의외의 가능성들도 있고…. 확신만큼이나 무지의 병도 없고, 그 환상으로부터 깨어나지 못하는 몽매의 증상도 없다는 거. 장자의 말마따나, 꿈속에서는 그것이 꿈인지 모르고, 더 큰 깸이 있는지를 모르고 살아가는 인생. 니체의 말마따나 꿈과 현실은 본질적으로 차이가 없다.

뒤바뀐 결론

출간을 위한 원고화 작업으로, 예전에 썼던 글을 다시 고쳐 쓰다 보면, 그것을 쓸 당시와는 다른 결론에 닿는 경우가 있다. 도대체 나에게 왜 그러는 걸까? 왜 내게만 이런 일들이 벌어지는 것일까? 그때는 이해가 가지 않았는데, 이제는 조금 이해를 할 수 있을 것 같기도 하고, 그 이해 여부와 상관없이 지금은 그냥 끌어안을 수도 있고…. 차라리 그때 그랬던 것이 다행이었다는, 전화위복의 결론이 다가오기도 하고….

거짓말

가끔씩 어릴 적에 했던 거짓말들이 문득 떠오르는 때가 있다. 들키지 않았다는 안도감이었던 경우도 있었고, 완벽한 논리로 심리전에서 승리를 거둔 듯한 성취감인 경우도 있었고…. 돌아보면 그 거짓말을 듣고 있던 어른들, 특히 부모들은 자기 자식이라도 얼마나 얄미웠을까? 세상에서 거짓말하는 사람이 가장 나쁜 사람이라던 어른들의 말을 지금의 나이에서 해석해 보자면, 어떤 잘못을 저지른 사람보다도 짜증 나고 미운 사람이었던 것. 실상 착하고 나쁘고의 문제는 나중 일이다.

성실하게 살지는 못했어도, 못되게 살아온 날들은 없다고 생각하면서도, 그 성근 기억 사이로 숨지 못하는, 한 대 쥐어박고 싶을 만큼 못되게 굴었던 지난날들이 언뜻언뜻. 왜 그렇게까지 했을까 하는 창피함으로 돌아보지만, 그때는 내 스스로를 지킬 수 있는 최선이라고 생각했었던 것 같

水女_Etching, Aquatint_25×25_2016

다. 그냥 조금 참아도 됐을 일들, 조금 더 사랑해도 됐을 일들, 이제는 잘하려고 하는데 잘할 기회가 영원히 사라져 버린 일들.

지금이라고 한들 부끄럽지 않은 순간들로만 채워 나가는 시간인 것도 아니다. 때론 거짓되고, 때론 모질지 못하고, 때론 조금 더 사랑하지 못하고…. 조금의 시간이 흘러서는 이 또한 후회로 뒤돌아보고 있을 게 분명하지만, 그 또한 내 스스로를 지켜 낼 수 있는 최소한이라는 생각에….

빨강머리 앤의 거짓말

어린 시절에도 자주 시청한 기억은 없는 애니메이션 「빨강머리 앤」. 그럼에도 여전히 기억하고 있는 어느 장면은, 앤이 누군가에게 자신을 몽고메리 가문으로 소개하던 순간이다. 짧지 않은 시간 동안 학생들의 거짓말을 경험한 이력 때문일까? 아니면 이런저런 기억을 그러모아 글로 써 내야 하는 입장이다 보니 기억하기 싫은 것들까지 기억해 내는 부작용일까? 문득문득 어렸을 적에 했던 거짓말들이 떠오를 때가 있다.

콤플렉스가 많은 아이였다. 그것을 숨기는 정도에 그치면 됐을 것을, 왜 그토록 과잉의 제스처를…. 그땐 그것이 열등감에 밀려난 자존감을 다독일 수 있는 유일한 방법이었던가 보다. 그런 콤플렉스를 일찌감치 인정하고 수긍하긴 했다. 어쩔 수 없는 걸 뭐 어떡해? 어쩔 수 있는 걸 고민해야지. 그러나 콤플렉스를 끌어안는 것과 콤플렉스가 사라지는 것은 또한 별개의 문제라는….

돌이켜 보면, 아들러의 말따나, 콤플렉스도 괜찮은 동력이었던 것 같다. 이미 싸질러 놓은 거짓말에 맞춰 내 생활 체계를 재정립하곤 했으니까. 거짓말에는 뛰어난 기억력이 필요하다는『탈무드』의 어록, 그러나 삶에 대한 성실이 깃들어 있는 자에게서나 기억도 뒤따른다. 자신이 무슨 거짓말을 했는지 기억하지 못하는 이들도 숱하지 않던가. 따지고 보면, 우리가 면접관 앞에서 늘어놓았던 자기소개도 실상 다 거짓말이었지 뭐. 내가 그런 사람이라고? 정말?

타인에게 피해를 주지 않는 선에서의 그런 거짓말도 괜찮다. 그것을 참으로 만들겠다는 의지를 동반한다는 전제 안에서, 그 거짓된 과거가 새로운 미래를 지어 올린다는 점에서, 때로 거짓말은 사람을 부지런하게 만든다. 또한 발전시킨다. 먼 훗날에 돌아보면, 그것이 거짓말이었다는 사실은 변함없겠지만, 그 과거의 성격과 의미는 변해 있을 것이다. 때론 체념이란 것도, 너무 진실에만 치이다 주저앉는 결과이기도 하니까. 때로 자신의 현재를 기만으로 돌려세울 필요도 있다는 거. 물론 정도를 모르고 망상으로 옮아가는 경우가 있긴 하지만, 체념으로 사나, 망상으로 사나….

완벽한 거짓말

'거짓말쟁이'란 거짓말을 잘 하는 사람을 일컫는 게 아니다. 거짓말을 잘 들키는 사람을 지칭한다. 거짓말을 들키지 않기 위해서는 여간한 논리와 구성력 정도는 갖추고 있어야 할 터, 또한 자신이 한 거짓말을 기억할 수 있는 탁월한 기억력과 거짓말에 맞추어 살 수 있는 의지도 필요하다. 하여 완벽한 거짓말은 남들에겐 거짓말이 되지 않는다. 진실성을 탓할 수는 있어도, 성실성을 탓할 수는 없는 노릇.

거짓말쟁이들은 그런 능력과 노력조차 없는 사람들이다. 진실하지 못한 게 성실하지도 못하기까지 한 그 뻔뻔함이 더 싫은 것인지도….

각서와 낙서

뭘 하고 놀았는지도 잘 기억나지 않건만, 매일 보는 친구들과 하루가 모자랄 정도로 놀았던 기억만 남아 있는 어린 시절. 세상에 노을이 와닿을 즈음, 노을과 함께 찾아드는 고민은, 엄마에게 혼이 날 정도로 오래도록 밖에서 놀아 버린 오늘이다. 어차피 들어가야 할 집 앞에서 들어갈까 말까 망설이다 조금 더 늦어 버리는 미련함. 엄마가 오늘만 용서해 주면 다시는 이러지 않겠다는 반성으로 서성이던 잠깐, 그러나 엄마의 용서 여부와는 상관없이 이후로도 계속해서 반복되던 미련함.

혼이 나지 않도록 적당히 하면 될 것을, 항상 넘치도록 한 후에야 또 다시 후회를 하는 미련함은 어른이 되어서도 똑같다. 어린 놈이나 어른 놈이나, 본질적으로 변하질 않는다. 다시는 그러지 않겠다는 마음의 각서, 각서의 내용을 잘 지키겠다는 각서, 그 각서에 대한 각서, 무한대로 뻗어

세상에서 제일 만만한Etching, Aquatint 17×83 2009

나가는 각서, 그 절대값은 결국엔 낙서였다는…. 결코 반성이 되지 않았으며 반성을 한 적도 없다. 순간을 모면하기 위한 변명에 불과했다.

반복되는 실수

"정말 이번이 마지막이야!"

거짓말이다. 저번에도 이와 같은 마지막을 다짐했었다. 마지막이 되는 '이번'은 없으며, 이번이 마지막인 '정말' 같은 것도 없다. 정녕 단호한 결의라면 마지막은 저번이었어야 했다.

우리는 그렇듯 매 마지막마다에 쉬이 결연함을 내뱉는다. '쉬이' 내뱉는 결연함이 그 어찌 결연의 가치일 수 있겠는가. 미래에 쟁여 놓은 수많은 마지막에 앞서 있는, 결코 마지막이 아닌 한 번을 숱하게 반복할 뿐이다.

백영옥 작가의 『빨강머리 앤이 하는 말』에서 읽은 내용, 빨강머리 앤은 자신이 같은 실수를 다시 저지르지 않는다는 사실을 장점으로 든다. 까망머리의 얘는, 같은 실수를 늘상 반복한다. 그쯤 되면 그건 그냥 성격이라는 거다.

식단의 변화

서울에 올라와 첫 자취방을 구하러 다니던 설렘. 누구의 간섭도 구속도 받지 않는, 자유를 만끽할 수 있는 나만의 공간이 생긴 기쁨으로 두근거리던 가슴. 하지만 자유로울 수 없는 한 가지가 있었으니, 자취로 해결해야 하는 아침 식단이 그것이었다.

살림을 장만하는 재미가 쏠쏠한 자취 초기만 해도 나름 잘 해먹고 다닌다. 토스트기에서 노릇노릇 구워지는 식빵 옆으로, 종류별로 구비되어 있는 잼들. 때때로 토핑을 욕심내며 도시적인 라이프스타일을 구현해 본다. 그러나 한 달을 못 간다. 잼의 개념조차 발라 먹는 것이 아니라 찍어 먹는 것이 되어 버린다.

다음 단계는 시리얼이다. 이도 처음에는 맛을 따져 가며 시중에 유통되는 모든 종류를 경험하지만, 결국엔 다 부질없는 짓이다. 종국엔 켈로그사의 호랑이 품으로 돌아오지만, 호랑이 힘이 솟아나는 플라시보를 기대할 리 없다. 가장 비참한 날은 숙취에 허덕이는 하루이다. 뭘 해먹기도 귀찮고, 뭘 시켜 먹기에도 속이 속인지라 제대로 넘어가지 않을 게 뻔하다. 선택은 하루의 끼니 모두를 그 설탕덩어리 호랑이에 부은 우유와 마주하는 것. 입천장이 죄다 까지도록….

또 다른 노력은 소보로나 버터롤처럼 질리지 않는 빵들을 커피에 곁들여 먹는 것. '커피 & 브레드'를 구현해 내는 서구적 표상 같지만, 잠이 덜 깬 눈으로, 등을 기댄 침대의 최단 거리 방바닥에 앉아 맨 빵을 커피에 찍어 먹는 지극히 자취적 표상이다. 얼마 가지 못해 여기저기 널려 있는 빵부스러기만 봐도 헛구역질이 날 지경이다.

마지막 선택은 편의점의 삼각김밥 혹은 천국의 김밥이었다. 아침식사의 해결장소가 마침내 방이 아닌 밖이 되어버린 것. 완도 양식장 하나 정도의 김을 먹고 나서야 그 짓도 그만둔 것 같다. 그리고 잇대어지는 결론은 '아침은 굶고 점심을 많이 먹자'이다. 습관이 들면 오전을 지배하는 잠깐의 공복쯤은 참을 만하다.

생활 속의 엔트로피, 게으름으로 영양이 방해받는 전형적인 사례. 생활체계는 가치관으로 이어지기도 한다. 그저

최초의 만찬_Etching, Aquatint_54cm×70.5cm_2010

되는 대로, 되어 가는 대로 산다. 삶의 질이 떨어지도록 무언가를 바꾸어 볼 시도는 좀처럼 하지 않는다. 지금 이대로가 편하다. 우리는 절망조차도 자신이 가장 편한 방식을 선택한다.

소보로 빵의 추억

내 또래들은 공감할 수 있는 추억일까? 초등학교 때 가끔씩 제과점 빵을 간식으로 나누어 주곤 했었다. 슈크림과 소보로, 크림과 소보로, 단팥과 소보로의 조합 중에 하나가 랜덤으로 걸린다. 나는 소보로가 싫었는데, 어쩔 수 없이 하나의 소보로는 확정된 결과였다. 내가 좋아하는 슈크림과 크림의 조합은 없었다.

'커피 & 도넛'의 문구가 이젠 그다지 세련되어 보이지 않을 정도로, 다양한 브런치들이 넘쳐 나는 시절. 그 다양성 사이에서도 소보로가 현대적 라이프스타일의 표상으로서 참여하는 일은 거의 없다. 유명세를 탄 튀김 소보로가 아닌 이상엔 돈을 주고 사 먹을 일이 없는, 내게는 여전히 소외의 매뉴얼이었다.

그런데 요즘 들어서는 가끔씩 마트에서 봉다리 채 파는 소보로를 사 들고 올 때가 있다. 커피 한 잔에 베어 무는 한두 조각이 꽤나 맛있다. 내겐 그 자리에 앉아서 다섯 개고 여섯 개고 집어 먹을 수 있는 유일한 빵이기도 하다. 실상 내 내장은 슈크림의 기름기와 당도를 2개 이상 못 버틴다. 어린 시절의 내겐 너무도 모자란 기름기와 당도의 소보로였는데, 이젠 그 퍽퍽함조차도 커피를 위해 비워 둔 여백 같아 보인다.

어린 시절에는 꽤나 화려한 것을 좋아했는데, 내 운명이 결코 화려함은 아닌 것 같다는 사실을 인정한 이후로 돌아선 여백인지도 모르겠다. 심플한 디자인은 유행을 타지 않고, 복잡하지 않은 화성과 구성의 노래가 오래 들어도 질리지 않는다. 그런 사람이 되어야지, 그런 글을 써야지 하면서도….

숙취를 대하는 자세

숙취를 안고서도 어떻게든 겨우겨우 출근을 해, 하루 일과로 해장을 하던 시절이 있었다. 그때보단 프리한 지금의 생활 패턴이 안고 있는 가장 큰 문제점은 숙취에 취약하다는 사실이다. 숙취와 타협을 한 게으름의 본능에 지배되는 하루 종일, 그냥 디비 잔다. 그렇게 하루가 버려진다는 생각에, 웬만하면 술을 자제하려고 하는데, 사람들과 더불어 '관계'를 살아가야 하는 사회에서 내 맘대로 되는 일도 아니다.

언젠가부터 해장용으로는 농심의 육개장 사발면을 선택한다. 가는 면발이 다른 용기면보다 빨리 익는 듯한 느낌, 그리고 허한 속으로 허락되는 적량이기도 하다. 물을 붓고 기다리는 3분을 성실히 채워 본 적이 없는 것 같다. 대충 속을 푼 후 다시 빨리 드러눕고 싶은 조급함 앞에서는, 면발의 적정 식감은 무의미하다. 아직 덜 익은 부분을 익은 부분과 적절히 뒤적거리며 익은 느낌으로 넘기는 것, 숙취를 대하는 나의 자세는 뭐 하나 성실한 게 없다.

이 사발면을 가장 맛있게 먹는 방법은, 누군가가 기다린 3분 곁으로 젓가락을 들이미는 것. 어린 시절엔 친구의 것을 얻어먹는 그 한 젓가락이 왜 그렇게 맛있었던지…. 한 젓가락에 딸려 온 국물로 젖어 들어가던 도시락 밥맛이란…. 가끔씩은 그 시절의 한 젓가락을 실현해 보고자 하는 노력으로, 밥솥의 취사시간과 사발면의 3분을 모두 기다려내지만, 그 시절의 맛은 결코 돌아오지 않는다. 친구의 것이 아니라서 그런 걸까? 사발면 한 젓가락을 맛있게 먹겠노라, 친구를 부를 수도 없는 노릇. 게다가 그런 경우에는 사발면보다는 술을 먹을 가능성이 높다. 사발면은 다시 다음 날 해장용으로….

밥벌이도 못 하는 입장에선 꼬박꼬박 끼니를 챙겨 먹는 행위 자체에 일말의 가책을 느끼기도 한다. 전적으로 경제적 이유에서만은 아닌, 생존 욕구와 염치적 자아 사이에서의 갈등. 그 타협점은 곧잘 라면이 된다. 개인의 취향이 철저히 배제된, 라면회사가 담고자 했던 맛의 철학 그대로를 공복 속으로 채워 넣는 '연민'으로 못난 자신을 조금이나마 용서한다.

그러나 지금의 처지를 감안해 스스로가 현실에 베푼 나름의 양보임에도, 면을 입에만 물고 넘기지 못하는 순간들이 있다. 아무 생각 없이 씹고 싶은 그 잠깐에도 불현듯 밀려드는 서러움과 자괴감, 그것을 참지 못하고 차오르는 눈물이 면발을 타고 국물로 떨어진다. 그깟 라면 하나도 마음 편히 먹지 못하는 내 인생이 너무 불쌍해서, 이깟 배고픔 하나도 견디지 못하고 지금 라면이 목구녕으로 넘어가는 내 자신이 너무 싫어서….

나는 울고, 라면은 불고, 그야말로 울고불고…. 하지만 그 뒤에서 기다리고 있던 보다 비극적인 사건. 치우려는 냄비의 동선을 가로질러 있던, 절묘한 타이밍으로 엎어질 준비를 하고 있던 김치통을 보지 못하는 것. 또 그게 뭐라고, 그저 주워 담으면 그만인 일을. 이 죽일 놈의 감성은 그 널브러진 김치 조각들에게서 흐트러진 내 인생을 보고야 만다. 순간적으로 화를 내고 욕을 퍼붓지만, 어디를 향한 것인지, 누구를 향한 것이지도 알 수 없는 분노는 자신을 향한 측은함으로 되돌아온다. 누구도 보아주지 않는 세상의 모퉁이 돌아에, 내 삶이 그렇게 주저앉아 울고 있었다. 엎어진 김치통처럼….

예전에 영화 채널에서 방영된 「우아한 세계」의 마지막 장면을 보다가 떠올랐던 글. 나도 저랬던 적이 있어서…. 빗방울처럼 혼자였다는 공지영 작가의 감성은 너무 우아함일 정도로, 나는, 많은 보통의 존재들이 그러하듯, 김치 조각처럼 혼자였다.

소양강 하이킹

고등학교 시절의 어느 여름 방학, 친구들과 사이클로 하이킹을 떠난 어느 날. 점심을 먹으려고 사이클에 걸터앉아 메뉴를 고심하던 순간, 한 친구가 신기한 걸 봤다는 듯,

"뽕장개?"

다른 친구들은 갑자기 무슨 뜬금없이 소리인가 싶어,

"뭐라고?"

녀석이 한 식당을 가리키며,

"저기 봐! 그렇게 쓰여 있잖아."

녀석이 가리키고 있던 건, 아주 허름한 옛날 식당의 유리창에 적힌, 그 조합조차 옛스러운 식당 대표 메뉴였다. 본디 짬뽕, 짜장, 찌개라고 세로로 적혀 있었는데, 셔터가 반쯤 닫힌 상태로 '짬', '짜', '찌' 자가 가려져 있던 터라, 친구 녀석은 그걸 가로로 읽었던 것. 그런데 그 배열과 간격의 조화가 충분히 착각할 만도 했다.

그런데 나는 처음엔 친구들이 무슨 이야기를 하고 있는 것인지를 도통 알아들을 수가 없었다. 내겐 그 '뽕장개'가 보이질 않았다. 나는 그날 비로소 내가 눈이 나빠진 상태라는 사실을 알았다. 친구의 안경을 빌려서 보니 그 '뽕장개'가 선명하다. 세상은 내가 보고 있던 것보다 선명한 윤곽이었다는 사실을 그제서야 깨달았다. 그런데 그전까지는 왜 아무런 불편도 느끼지 못하고 살았던 것일까? 그전까지는 칠판이 잘 안 보이고 있는 상황이란 사실을 왜 몰랐을까? 그래서 공부를 못했나?

그렇듯 볼 수 있게 되기 전까지는, 내가 보지 못하고 있다는 사실조차도 발견되지 않는다. 깨닫기 전까지는, 내가 무엇을 모르고 있는지에 대해서조차 모른다. 또한 전혀 불편하지도 않다. 그래서 계속 보지 못하고 알지 못하는 거라는….

관점의 문제

고등학교 시절에는 집에서 학교까지의 거리가 걸어서 10분이었다. 집 가까운 놈들이 대개 그렇듯, 나는 밥 먹듯 지각을 하는 편이었다. 3학년이 되어서야 대학을 가겠노라 조금은 부지런해진 생활체계, 가끔씩은 가장 일찍 학교에 나오는 학생이 되는 날이 있었다. 아무도 등교하지 않은 교실 안을 뒹구는 어제의 흔적들, 남학교 특유의 은근한 매캐함을 환기시키기 위해 열어젖힌 창문으로 들어차던, 아직 오늘의 태양이 데우지 못한 쌀쌀한 바람. 그 창가 옆에 놓인 책상에 홀로 앉아 있는 기분이 꽤 괜찮았던 기억.

모두가 함께 쓰는 공간이 어찌 내게만 특별할 게 있었겠냐만, 오로지 나의 주파수에 맞춘 의미로 가닿는 풍경들 사이에 홀로 앉아 있던 시간들. 그렇듯 독자적으로 사적 낭만을 즐겼던 공적 공간들이 다 있지 않나?

그런 것 보면 삶도 관점의 문제다. 그것 자체가 특별한

돌아오세요_Etching, Aquatint_25×25_2016

게 아니다. 의미를 담고서 바라보는, 그 시선 끝에 맺히는 모든 것들이 특별할 뿐이다. 우리는 부단히 삶의 의미를 찾으려 하는 존재들이다. 그 의미가 해명되어야 존재도 해명이 된다. 그런데 그에 관한 단서 역시 스스로가 지니고 있다는 거.

모교로 나간 교생실습. 도시가 워낙 작은 관계로 공립학교의 전근 범위도 넓지는 않다. 적지 않은 수의 선생님들이 내 학창시절에도 계셨던 분들이었고, 내 중학교 시절의 은사도 계셨으며, 교장선생님은 그 시절의 교감선생님이었다. 도시가 워낙 작은 관계로 우연의 타이밍에 얽혀 든 인간관계도 적지 않았다. 교감선생님은 어려서부터 가끔 뵈었던 아버지 친구 분이었고, 교과담당은 사촌형의 고등학교 동창이었다.

다른 교생들은 성 뒤에 따라붙는 '선생님'의 호칭으로 불렸지만, 나는 이름으로 불릴 때가 더 많았다. 세미나실을 쓰던 다른 교생들과 달리, 교무실에서 공용으로 쓰는 스캐너가 비치되어 있던 책상이 내 자리였다. 모교 출신에 대한 모교의 배려였지만, 불편한 기억밖에 없는 교무실은 교생이 되어 돌아온 입장에서도 마찬가지였다. 졸려워도 잘 수가 있나?

다른 교생들과의 술자리 이후, 나도 많은 시간을 세미나실에서 그들과 보내고 싶었으나, 허드렛일을 시키고 싶어 하는 선생님들이 또 나를 어찌나 찾아 대던지. 내가 교생으로 온 건지. 머슴으로 팔려 온 건지.

기간이 5월 중이었기에 스승의 날이 끼어 있었다. 학교에서 전직원에게 돌린 선물은 우산이었다. 수업을 들어갔다 와보니 내 책상에도 우산이 하나 놓여 있다. 교생들까지 챙겨 주는 것인 줄 알았는데, 우산을 받은 교생은 교무실에 배치되어 있던 나밖에 없었다. 수업에 들어가 있는 동안, 그 책상이 교생의 자리인지 모르고 챙긴 행정실의 실수인지, 아니면 모교 졸업생이라고 챙겨 주신 선생님들의 배려인지는 아직까지 모르겠다. 영원히 모를 판이다.

우산의 손잡이 끝에 박혀있던 로고는 알파벳 M. 그냥 우산브랜드이겠거니 하는 생각에 알파벳을 둥그렇게 둘러싼 'metrocity'라는 글자도 눈에 들어오진 않았다. 쓰고 다닐 우산이 없는 것도 아니고 해서, 그냥 장롱 속에 방치하고 있던 그것의 기능을 확인한 것은 2년 후의 일이다. 집 안에 그토록 많던 우산을 다 어딘가에 두고 온 끝에, 교생 시절의 기억을 비 내리는 출근길에 펼치게 된 것. 우산으로서의 기능을 충실히 이행하고 있던 그것의 가치를 재해석하게 된 건, 옆자리의 여선생님이 그 브랜드에 대해서 알려준 이후부터였다.

그제서야 'metrocity'라는 글자가 보이기 시작했다. 그런 브랜드가 존재한다는 사실조차 모르고 있었다. 알았어도 굳이 우산에 브랜드와 디자인을 따지는 소비성향도 아니다. 웃긴 건, 그 가치를 알고 난 뒤에는 우산을 조금 소중하게 다루기 시작했다는 사실. 그리고 그 가치를 알게 된 며칠 뒤 버스에 두고 내렸다. 우산 하나를 잃어버리고 그렇게 아까워해 보기는…. 버스에 두고 내린 우산을 주운 사람은, 우산을 주웠을까? '메트로시티'를 주웠을까?

양가적 해석이 가능한 일화이겠지. 소유하고 있는 동안에도 그 가치를 알아보지 못하는 것들. 내가 모르고 있는 동안에, 그것들은 '나타나지' 않는다. 또 한편으로는 로고의 가치가 기능을 웃도는 공허한 기호에 관하여…. '눈을 뜬다'는 말은 참 재미있지. 눈을 뜨다 못해 멀기도 하니까.

야쿠르트의 철학

작은 플라스틱 병에 담긴 야쿠르트는 사람으로 하여금 참 감질나게 하는 양이다. 애매하게 채워지지 않는, 그 잠깐의 달콤함이 입안 가득 남기고 가는 텁텁한 아쉬움. 어릴 적에는 야쿠르트 여러 개를 큰 대접에 부어 단번에 마셔 보고 싶다는 생각을 자주 했었다. 그 욕구를 실현해 본 적이 있는 사람들은 알겠지만, 또한 지금은 시중에서 그런 사이즈가 판매되기도 하지만, 최고치를 느낄 수 있는 지점이 결코 최대치는 아니라는….

넘쳐흐르고 꽉꽉 채워지기를 기다릴 것이 아니라, 무언가를 더 채워 넣고 싶은, 부족하다 싶은 그 순간에 이미 느껴야 했던 것들. 충분히 갖춘 후인들 온전히 향유할 수가 있는 것도 아닐 테니. 우리는 어차피 이래저래 항상 결여를 살아간다.

한계효용 체감의 법칙

고등학교 친구를 통해 알게 된, 녀석의 대학교 동기는 부모님이 대천 해수욕장 근처에서 민박집을 운영하셨었다. 그 친구를 포함한, 고등학교 친구들 몇 명이서 대천 해수욕장으로 놀러갔던 어느 해 여름. 너무 많이 널려 있어서 소외를 당하고 있던 것들은 고무 다라에 가득 채워진 해산물들이었다.

아버님은 어부이시고, 어머님은 여름 한철 대천해수욕장에서 포장마차를 하셨는데, 우리가 그 민박집에 묵으면서 밤에는 그 포장마차에서의 만찬을 공짜로 즐겼던 것. 평소에는 없어서 못 먹을 지경이었던 것들이 막상 그렇게 많이 널려 있으니까 아쉬운 줄 모르게 된 경우. 왜 그땐 또 그렇게 삼겹살이 먹고 싶던지….

재수를 하던 시기에 친하게 지냈던 친구는 아버님이 석촌호수 근처에서 당구장을 운영하셨다. 가끔씩 친구들끼리

해해탐험_Etching, Aquatint_10x20_2009

모여 그 당구장에서 밤을 새곤 했었는데, 당구가 확 늘 것 같지만, 큣대를 잡고 있는 시간은 다른 곳에서 돈 내고 치는 경우와 별 차이가 없다. 비치되어 있는 누룽지맛 사탕만 하루 종일 깨물어 대는 통에 입천장이 죄다 까질 지경.

다 갖춰지고 난 이후에야 뭐라도 할 것처럼 말하곤 하지만, 실상 뭐가 다 갖춰지는 이후에는 하고자 하는 열의가 덜한 경우도 있다. 차라리 부족하면 부족한 대로 '틈틈이', '짬짬이' 채우는 열정만큼이나 효율적인 방법론도 없다는….

3. 사랑 후에 남는 것들

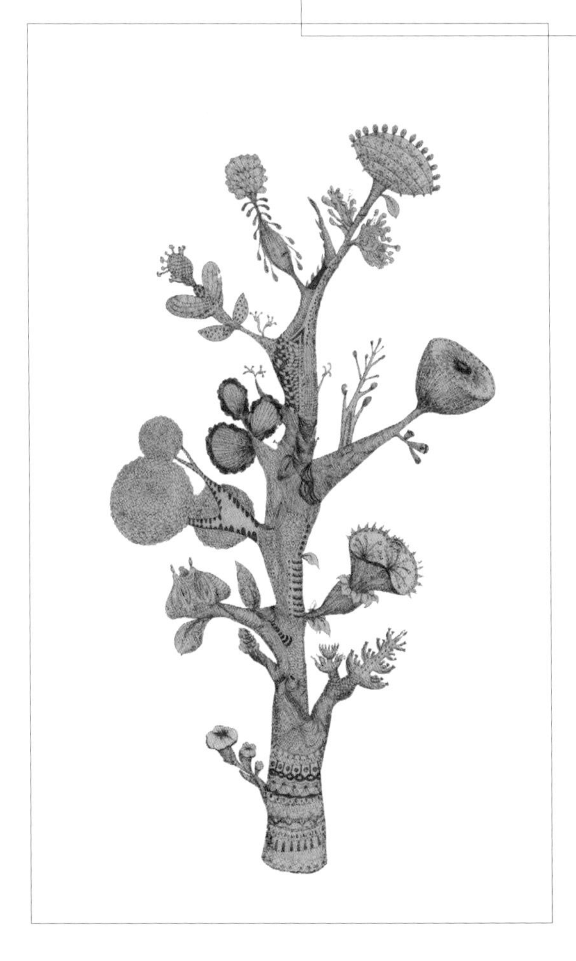

사랑니의 어원

몇 년 전에 사랑니의 어원을 처음 알게 되었다. 사랑과는 전혀 무관한, '살안니'란다. 언제부터 내 치열 속에 끼어들었는지도 알지 못하고 있었는데, 썩은 후에 통증으로야 다른 치아와의 차이의 관계를 깨닫는, 원래는 없던 것. 나도 모르는 사이 내 마음에 들어와 아픔으로 내 모든 것들을 헤집어 놓는다는 점에서, '사랑니'라는 음운변화가 적절한 것 같기도 하다.

아주 오랜만에 나를 찾아왔지만 별로 반갑지 않은 치통. 어린 시절과 달라진 게 없는 치과 앞에서의 두려움. 그래도 어린 시절보다는 제법 잘 참아 내는 마취주사의 따끔함. 간호사는 발치 후 주의해야 할 것들에 대해 알려 준다. 혈액 순환이 원활하면 상처가 아무는 시간이 오래 걸릴 수 있느니 술과 운동을 삼가라고…. 그런데 하지 말라고 하면 더 하고 싶은 마음도 어린 시절로부터 별반 달라진 건 없다. 또한 '어른의 치기'로 그 정도의 충고쯤은 간단히 무시해 준다. 이런 날은 꼭 술이 댕기기 마련, 공교롭게도 그 인력의 범위 안을 스쳐 지나고 있던 누군가와의 우연도 결코 피해 가지 않는다. 마취가 풀리기도 전에 지인에게서 술 한 잔하자는 연락이 온 것. 시작할 때는 그저 맥주 한두 잔에서 끝내려고 했던 술자리였건만, 맥주 한 잔을 넘긴 순간에 이미 선은 넘은 것이다. 마취가 풀릴 즈음부터 술에 취하기 시작한다.

그런 통증은 어릴 적에나 겪는 건 줄 알았는데, 이렇게나 어른이 된 나를 다시 주저앉히는 아픔. 이러저런 사랑의 곡절을 겪을 만큼 겪었다며, 이제 다시는 그런 사랑을 할 수 없을 거라며, 늘어놓던 내 착각과 오만을 밀어내며 들어차는 아픔. 그 아픔을 대하는 방식이 조금 더 어른스러워졌다는 차이가 있을 뿐, 그때보다 더 아프고 그때만큼이나 침착하지 못하다. 사랑 앞에서는 어른이 되지 못하는 것 같다. 여전히 어리고 약하다.

사랑이라는 성장통

"네 죄를 네가 알렸다!"

고을 원님들의 혹정과 함께하던 캐치프레이즈. 심판하는 자나 당하는 자나 아직 죄가 뭔지 모른다. 대화로써 그 접점을 찾아가는 중이라는….

"내가 왜 이러는 줄 알아?"

문제 속에 답이 있다지. 그래서 그 사람은 답을 문제로 알려준 것이었을까? 사랑에는 서툴렀던 것 같다. 어떤 때는 아는 척을 했고, 어떤 때는 모르는 척을 했고, 나중에는 진심을 담아 어색하게 굴었다. 하지만 어떤 경우에도 그 사람이 원하는 답이 들어 있지는 않았다. 실상 그 사람도 정확히는 알지 못하는 것 같았다. 이제와 돌아보니 문제 속에 간단한 답이 들어 있었다. 그냥 내가 나인 죄.

아직까지도 사랑은 잘 모르겠다. 그런데 또 그렇게 몰라서, 알고 싶어 안달인 마음이 사랑인 건 아닐까? 그 정도의

남겨진 낚싯대_Etching, Aquatint_69×79.5_2016

미지를 담보해야 가능할 수 있는 감정일 터, 그래서 때론 설레기도, 때론 불안하기도…. 사랑은 언제나 낯설고 어려운 것. 또한 현명하고 완벽한 사랑도 없다. 자신의 실체와 마주할 수 있는 데에 사랑만 한 것도 없잖아. 어디 가선 성격 좋다는 소리를 늘상 들어도, 내가 이토록 유치하고 속이 좁은 인간이었다는 사실을 순간순간 깨닫게 하는 단 한 사람. 그 한 사람을 위한 마음.

사랑하기 때문에

"선배 같은 스타일은, 여자들이 많이 좋아할 것 같은데…."

말은 이렇게 하면서, 정작 나랑 사귀지 않는 것들. 자신은 그런 '여자들'에 속하지 않는다는 건가? 니미 그럴 거면 예쁘지나 말고, 상냥하지나 말던가. 사람 마음 흔들리게….

독심술사의 사랑

다시 태어난다면 너로 태어나고 싶다. 나에 대한 너의 마음이 어떤 것인지를 좀 알고 싶어서…. 하긴 너로 태어나게 되면 나의 마음을 알 도리가 없겠지만…. 그런데 또 그렇게 다 알고 만나는 게 사랑이기나 할까? 정말이지 모르겠어서 애태우는 마음까지가 사랑일 테지. 그다음과 끝이 어떻게 될지 모를 때 더 설레는 마음이라면, 독심술사에게서 사랑은 가능하지 않다.

혼자만의 사랑

공주를 사랑하는 병사가 있었다. 공주와의 신분 차이가 걱정이었지만, 어느 날 용기를 내어 공주에게 자신의 힘든 사랑을 고백했다. 공주는 정말로 자신을 사랑하다면 그 증거를 보여 달라고 말한다. 자신의 방으로부터 잘 내려다보이는 곳에서 100일 동안을 꼼짝도 하지 않은 채로 기다려 준다면, 병사의 사랑을 받아주겠다고 약속한다. 병사는 공주의 방 창가 앞에서 100일을 세기 시작했다. 비가 오나, 눈이 오나, 바람이 부나, 그 자리에서 꼼짝도 하지 않은 채로….

99일이 되던 날 밤에, 병사는 어디론가 사라져 버렸다. 병사는 사랑에 대한 열망 하나로 99일을 버틸 수 있었다. 그러나 열망은 언제나 절망과 그 방향성이 같다. 만약에 애초부터 약속을 지킬 생각이 없었던, 아쉬운 것 모르고 자라난 철없는 왕족의 장난이었다면, 병사는 그 절망을 견뎌 낼 수 없었을 것이다. 99일째 되는 밤에, 병사는 공주가 자신을 기다렸을 것이라는 환상을 품고 떠나갔다.

영화 「시네마 천국」에 등장하는 공주와 병사의 이야기에 스친, 어느 지나간 날에 묻어 두고 온 이야기. 한번 고백이라도 해볼 걸, 왜 그렇게 망설이고 주저하기만 하다가 끝이 났을까? 혹시나 고백 뒤에서 기다리고 있을지 모를 거절이 두려워, 그 사람 역시 나를 마음에 두고 있었을 것이라는 위안을 안고 돌아섰던 것일까?

혼자만의 사랑이 힘든 이유는, 나 혼자서 상대를 좋아하고 있다는 사실보다도, 그 역시 나를 마음에 두고 있을지 모른다는 기대 때문은 아닐까? 내 착각이고 미련이었을지언정, 닫지도 놓지도 못하는 그 일말의 가능성으로 인해…. 그러나 상대방의 거절로 그 가능성마저 사라지게 하고 싶지 않은 다른 열망과의 사이에서 끝내 고백으로는 이어지지 못한, 언제고 이루어진 적 없는, 나만의 슬픔으로 묻혀버린 이야기를 '지나간 사랑'으로 기억한다.

말을 잃은 인어공주

인어공주가 '말'을 잃어버리는 설정. 슬라브 신화를 모티브로 하는 작품이라고 하니, 어떤 상징을 담고 있는 신화소(素)일 가능성도 있겠지? 사랑은 언어를 초월한다는 상징일까? 물론 이 설정이라야 더욱 극적인 전개가 가능하겠지만, 현실에서도 그렇잖아. 당신을 구해 준 사람이 나라고, 그걸 자신이 직접적으로 말한다고 해서, 왕자가 그동안 그 사실을 몰라서 미안했다며 갑자기 그녀를 사랑하게 될까? 미안해하고 끝날 일인지도 모르지. 미안한 건 미안한 거고, 사랑은 또 사랑인 거니까.

인연일 운명이었다면, 운명의 시험이 건네는 숱한 훼방에도 결국엔 서로에게 닿겠지. 어쩌면 말을 잃은 일조차 필요의 조건이었는지 모르지. 그 비껴간 시간이 되레 서로에게 닿을 수 있는 유일한 경우의 수였는지도 모르고….

억울하고 답답하다고 해서, 지금 당장에 그걸 말해 본들

낯선 섬에 떨어지다_왼쪽 _Etching, Aquatint_780×1060_2011

내게 돌아오는 게 뭐겠어? 그러니 혼자 안고 가야 하는 일도, 홀로 묻고 가야 하는 일도 있는 세상사. 또 때로 섭리라는 게 신비해서, 인연일 경우엔 늦게라도 해명의 시간이 주어지더라. 물론 영원히 해명하지 못하는 경우도, 해명 따로 인연 따로인 관계도 있지만, 그건 또 인연이 아니라는 이야기일 테고….

공동경비구역

"가까이 오지 말랬지, 언제 그냥 가라고 그랬어? … 살려 주세요!"

저자 분의 블로그에서 읽은 「사랑은 살려달라고 하는 일 아니겠나」라는 시제목이 자꾸 머릿속에 맴돌면서, 문득 떠오른 영화 「공동경비구역 JSA」에서 이병헌이 지뢰를 밟는 장면. 더 이상 다가오지 않았으면 좋겠는데, 이 이상 멀어지는 것도 싫은…. 그 자리에 계속 머물며 떠나가지도 못하는, 나도 어찌해야 좋겠는지 모르겠고, 너를 어찌해야 좋을지 모르겠는 상황. 이미 지뢰를 밟았다. 사랑의 지뢰, 어딘가 모르게 트로트 제목 같기도….

그래도 지구는 돈다

실상 지구는 엄청난 속도로 자전을 하고 있지만, 지구의 생명들은 관성으로 인해 그 회전의 힘을 느끼지 못하고 살아간다. 하지만 가끔씩은 지구의 원심력으로 흘러가는 시간을 느껴 버릴 때가 있다. 갑갑해서 돌아 버리겠고, 막막해서 돌아 버리겠고, 하염없이 돌아 버리겠는….

생각해 보면 신기한 사실, 지구는 왜 스스로 돌고 있을까? 태양 주변은 왜 돌고 있을까? 달은 또 왜 지구를 돌고 있을까?

나는 왜 너의 주변을 맴돌고 있는 것일까? 그렇게 맴돌다 날이 가고, 달이 가고, 계절이 바뀌고, 나도 돌아 버리겠는 거.

오이디푸스 콤플렉스

재수시절에 친하게 지낸, 얼굴도 잘생기고 키도 크고 여자들이 많이 따랐던 반포동 양아치 놈이 하나 있는데…. 녀석의 눈엔 내가 답답한 캐릭터였던지, 언제고 자신이 마음에 드는 여자에게 항상 건넨다는 멘트를 나에게 '가르쳐' 준 적이 있다.

"내 눈 속에는 언제나 네가 있어!"

뭔 이런 재수 없는 문장력이 다 있나 싶었는데, 당시에 애는 늘 통했다니까. 열라 불공평한 세상인 거지. 내가 그랬어 봐. 내 눈을 파버린다고 했을 걸.

하긴 언제부터인가 그 사람을 생각하는 일이 일상이 되어 가도록, 그것을 전제한 관점으로 세상을 보기 마련이니까. 내 눈 속에는 언제나 네가 있는 것이기도 하지. 그럼에도 변함없는 사실. 저런 부담스러운 멘트도 잘생긴 애들이 해야 사랑스러운 것. 적어도 면죄부. 그 시절 기준으로, 장

낯선 섬에 떨어지다_오른쪽_Etching, Aquatint_780×1060_2011

국영이 아닌 죄. 원빈이 아닌 죄. 그렇지 않을진대, 눈 찔릴 각오를 하고서 질러야 할, 다른 의미에서의 오이디푸스 콤플렉스. 그러나 한편으로는, 어차피 너로 인해 이미 멀어버린 눈인데, 그대로 달고 있으나, 내어 주나….

아름답고 쓸모없기를

돌의 쓰임을 두고 머리를 맞대던 순간이
그러고 보면 사랑이었다.

'사물의 기억'에 관한, 그 사물을 매개한 사랑에 관한 이야기인가 보다. 어느 해 겨울, 울진에 갔다가 주운 돌을 사이에 두고 흐른 시간. 사랑하는 이들에게야 그런 공유의 시간을 매개하는 사물의 기억이 다 있을 터, 우리 각자에게 어떤 사물의 기억이 있을까를 돌아보는 것으로, '아름답고 쓸모없는' 이 시의 소재와 주제를 이해해 볼 수 있지 않을까?

그 사람과의 추억이 얽혀든 이후로, 길가에 채이는 여느 돌멩이와 같을 수 없는 의미. 그렇듯 시간성을 획득한 사물은 이젠 공간의 일부만이 아니다. 사랑이란 것도 그렇잖아. 『어린 왕자』를 빌리자면, 서로에게 길들여지는 시간의

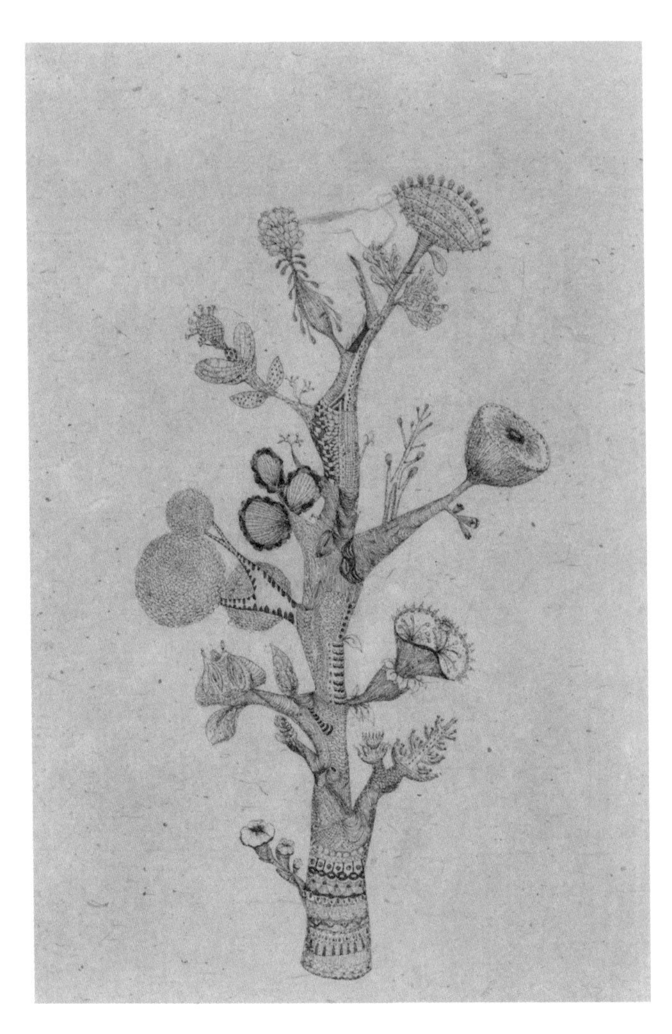

그녀를 위한-幽語花(유어화)_Etching, Aquatint_34×43.5_2016

가치. 지구에서 만난 그 많은 장미들이 다 부질없었던 이유는, 그 장미들에게서 소행성 b612에 두고 온 단 한 송이의 장미를 떠올렸기 때문이다. 그 돌멩이 하나가 특별한 이유는, 오직 그 사람만이 내게 특별한 이유와 같지 않을까? 내 마음 속에 한 자리를 차지한, 교감으로 길들여진 장미 같은 시간이라서….

Conversation
- 고백 그리고 거절

주입식 교육의 폐해 중 하나, I'm sorry에 대한 대답은 무조건 that's all right이나 it's ok으로 배웠다.

가슴을 틀어막고 있던 내 힘든 사랑이 입술을 비집고 나와 버렸다.

"좋아합니다!"

하지만 당신의 너무도 진실된 한마디가, 당신으로 가득 차 있는 가슴을 비집고 든다.

"미안해요!"

이어지는 무조건 반사.

"괜찮아요!"

결례는 이쪽에서 했는데, 사과는 저쪽에서 하고, 용서와 이해를 이쪽에서 하는, 도저히 맥락이 맞지 않는 대화. 괜찮지 않은 마음을 애써 달래며 말을 이어 가지만, 이미 침착한 어조는 아니다. 멋쩍은 웃음을 지어 보여야 하는 상황 자체가 어색하다.

관심으로 다가갔지만 그저 호의로 받아들이고, 베풀어진 작은 친절에 오해의 썰을 풀어놓기도 한다. 진심은 통한다? 상대를 향한 감정이 진심이었던 만큼 상대방의 정중한 거절 역시 진심일 터. 결코 누가 서운해할 일도, 누가 미안해할 일도 아니다. 더군다나 단 한 번의 거절로 낙심할 일도 아니다.

사랑과 이해

이해하지 못하겠거들랑 굳이 이해하려 들지 말고, 온전한 이해를 욕망하거들랑 그냥 사랑하는 것. 어쩌면 내 이해 안에서의 인과와 상관을 기대하다 보니, 그 이해(利害) 관계 안에서의 결론은 더 비극인 것인지도 모르겠다. 사랑은 주는 거라잖아. 그런 정의가 아니더라도 어차피 사랑할 수밖에 없거들랑, 이해 너머에서 사랑하시길.

동전의 비유

헤겔은 진리를, 주조 공정이 다 끝나지 않은 동전에 비유했다. 무슨 의미일까? 그것이 누구에게나 통용되는 사용가치도 교환가치도 아니라는 것. 그렇듯 진리는 불확정성이며, 대상에 따라 생성되어 가는 과정에 놓여 있는 것.

키에르케고르는 이렇게 말했다. 진리라는 것도 내게서 진리인 한에 진리라고…. 그런데 이런 말 백날 해봐야 소용없다. 이런 류의 말을 들어 쓰면서, 끝까지 자신을 고집하면서도 스스로는 열려 있다고 믿는 우리들이니까. 이해가 가능하지 않을 땐, 양해해 볼 것. 양해의 가치도 느끼지 못할 땐 그냥 포기할 것. 그 사람과는 앞으로도 늘 그럴 거야. 그 사람에게 나를 이해시키려 하는 것도 어쩌면 그를 이겨보겠다는 내 고집일 터, 내 스스로도 반성할 일.

포기하고 싶지 않은 사람이라면 그냥 사랑할 것. 내가 더 이해했네, 양해했네를 따져 묻지 말고…. 그 자체로 이

리더모_Etching, Aquatint_10×10

미 계산적인 성격인 거잖아. 또한 어차피 이해와 양해가 가능하지 않아도 사랑할 수밖에 없는 경우잖아. 차라리 그 사람의 사용가치에 맞는 동전이 될 것. 이미 가지고 있는 동전도 그 사람의 세계에 맞는 통화로 환전을 하던가.

실상 나도 말만 이렇게 해. 심히 반성 중이라는….

사랑의 온도

인과의 관계로 말할 수는 없지만, 위암 발생률이 높은 국가의 식단은 주로 짜고 매운 음식들과 상관이 있단다. 그 상관관계에 부합하는 국가 중 하나인 한국. 한국인이 음식을 짜고 맵게 먹는 이유는, 음식을 너무 뜨거운 상태로 먹는 습관 때문이라고…. 높은 온도로 인해 혀가 맛의 농도를 제대로 느끼지 못하는 것.

높은 온도로 인해 빚어지는 오류 중 하나가 사랑에 관한 문제이지 않을까? 그 열정이 너무 뜨거운 나머지 합리적으로 바라보지 못한다. 그 맹목적 의지에 합리적 시선을 기대하는 일 자체가 무리일 수도 있겠지만, 끓어 넘치도록 과도한 열정의 온도가 열정의 대상에게 화상을 입히도록 냉정의 개입을 허락하지 않는다. 그저 내 애정을 이유로 들어 애착의 모든 정도를 정당화한다. 상대는 정말이지 암에 걸릴 지경이다.

"내가 널 얼마나 사랑했는데…."

비껴가는 모든 경우에, 그 극렬한 사랑으로 타들어 가는 서운함만을 따져 묻는다. 그 사람도 모르는 건 아니다. 누구보다 뜨거웠던 당신이라는 사실을…. 하지만 더 이상 그 사랑에 영합하다간 자신이 타죽을 판이다.

소생과 성장의 빛처럼, 그것이 지닌 온도 자체는 뜨겁더라도 그것이 가닿는 곳에서의 온도는 따뜻해야 하지 않을까? 열정의 사막에서도, 냉정의 극지방에서도 지켜 낼 수 있는 것들은 아무것도 없을 테니. 자신의 열망에만 전념하는 게 아닌, 상대를 배려하는 것까지가 사랑이 아닐까? 그 열정의 속성을 되돌아보시길. 상대방도 행복해하는 경우인지, 내가 행복해야 되는 경우인지. 왜 당신이 지닌 열정의 온도만을 바라봐 주기를 바라는가? 그 배려 없는 온도에 상대는 속이 타들어 간다.

이래도 사랑하겠나?

『한국에서 아티스트로 산다는 것』, 권태훈 작가님 인터뷰를 정리하다가 다시 들여다보게 된 어떤 말로 인해, 다시 생각해 보게 된 어떤 사람에 관한 기억. 도저히 그림을 그릴 수 없는 상황에서도 자신이 그림을 그리고 있었던 걸 보면, 삶이 작가님을 시험했던 것 같단다. 이래도 그림을 그리겠냐고…. 돌아보니 힘겨웠던 사랑도 그걸 묻고 있었던 게 아니었나 하는 생각을 문득. 이렇게까지 몰아붙여도 사랑할 수 있겠냐고….

왜 그럴 때가, 그런 사람이 있잖아.
헤어져서는 살 수 없을 것 같은데,
안 헤어지자니 내가 암에 걸려 죽을 것 같은
이 빌어먹을 담배 같은 사랑.

하늘과 연못

연못이 하늘에게 말했다.

“니가 매일같이 푸르다면, 나 역시 항상 푸를 거야. 나를 소중히 생각한다면, 어떻게 비를 내려서 흙탕물을 만들고, 흐린 날씨로 내 물빛을 흐리게 할 수가 있어?”

그 이후로 하늘은 계속 맑기만 했다. 연못의 물은 계속 말라 갔지만, 연못이 원하지 않는다는 생각에, 하늘은 끝내 비를 내리지 않았다. 연못은 갈라진 바닥을 드러내도록 하늘에게 비를 내려 달라 하지 않았고, 다시는 하늘을 담을 수 없었다.

연못은 그냥 좀 더 사랑해 달라는 이야기를 하고 있는 거잖아. 하늘에게서 그런 대답을 듣고 싶었던 건 아니고…. 하지 말란다고 정말로 하지 않는, 눈치 없는 하늘에 연못은 더욱 말라 간다. 실상 지금 이 상황, 아닌 척 모르는 척, 하늘도 약간의 몽니를 부리고 있는 거거든.

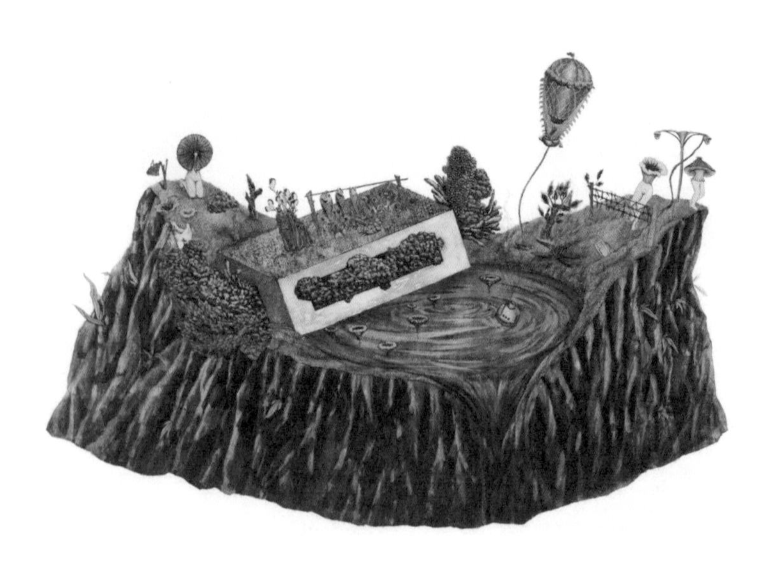

그 후-자라나다_Etching, Aquatint_95×75_2016

다시 비를 내리고, 연못이 못 이긴 척 그 비를 받아들이며 다시 투정할 수 있도록, 그냥 내 잘못이었다는 결론의 모양새로 연못을 지켜 주는 것. 그로써 연못이 담을 수 있는 하늘도 지켜 내는 것. 그런 게 하늘처럼 사랑하는 법이 아닐까? 연못도 자기가 너무했다는 사실을 모르진 않거든.

"그럼 진즉에 말을 하지 그랬어."

진즉부터 말은 하고 있었다. 수차례 시그널을 보내기도 했었고…. 네게 경청과 해석의 의지가 없다는 사실을 확인한 이후로는 더 이상 말을 할 수 없었던 것뿐이지.

그런데 또, 자기도 이제서야 그 실상이 보인다는 말을 그렇게 둘러서 하고 있는 거잖아. 그 사람, 원래 미안하다는 말 못 하는 성격이니까. 여지껏 사랑하는 사람의 성격도 모르고 있다면, 나에게도 이해의 의지는 없었던 거지.

언어의 채도

푸른 하늘과 푸른 바다.

둘 다 푸르다고 말하지만 결코 같은 푸르름이 아닌….
언어의 채도 밖에서는 수평선을 경계로 분명하게 나눠어지는, 하나의 푸름이 되지 못하는 그저 하늘빛이고 바다빛이다.

너의 사랑 그리고 나의 사랑.

둘 다 사랑이라고 말했지만 아마도 같은 사랑은 아니었나 보다. 너는 너의 사랑을 했고, 나는 나의 사랑을 했다.
그래서 우리는 하나의 사랑이 되지 못했다.

이를테면 새벽 3시 파출소의 풍경 같은 것. 둘 다 피투성이인데, 각자의 이야기를 들어 보면 맞은 사람만 있고 때린 사람은 없어. 자기만 상처받았다고 생각하고, 자기만 억울해.

소주와 참치

'이젠 정말 끝인가?'

너를 보내고 돌아오는 길. 가눌 길 없는 슬픔에 목은 메여 오고,

'내일이면 다시 연락이 오지 않을까?'

그렇지 않을 것이란 사실을 모르지 않으면서도 끝내 버리지 못하는 헛된 기대와 미련. 내려 눌러도 기어이 차오르는 헛헛함.

영화나 드라마의 주인공처럼, 넋을 놓으며 걷다가 거리의 사람들과 부딪히는 일은 없었다. 바뀐 신호등 앞에서 멍하니 서 있는 일도, 정류장에서 수많은 상념으로 제때 오는 버스를 보내는 일도 없었다. 방금 전에 이별을 하고 돌아왔는데도 배는 고프고 밥은 넘어간다. 즐겨 보던 예능프로는 오늘도 재미있고, 어두운 표정 사이로 삐져나오는 웃음은 어쩔 수가 없다.

처음도 아닌 이별, 이젠 그도 잘 참아 낼 수 있을 정도로 어른이 된 건가? 그래도 사랑에 대한 예의로나마 취해야 할 것 같긴 한데, 청승을 떨어 볼 요량으로 사들고 온 소주는, 반병도 못 마시고 다시 뚜껑을 닫았다. 기분 같아선 나발을 불어야 할 상황이지만, 혼자 마시는 술이 그렇게 쓴맛인지를 처음 알게 된 날. 안주로 산 통조림 참치 앞에서의 억지스러운 성토, '고추 참치로 살 걸 그랬나?'

잠자리에 들어서는 너의 생각으로 잠을 이루지 못한다. 그러다가도 잠이 든다. 잠에서 깨자마자 어제 헤어진 너의 모습을 떠올린다. 다시 시작되는 피곤한 일상 속에, 그토록 사랑했던 너를 잊어 가고, 너를 사랑했던 나도 잊어 간다.

작은 기다림

너를 떠나온 내가

너의 집 앞으로 찾아가 다시 너의 손을 잡았다.

"우리 아직 헤어진 게 아니야. 두 번 다시 이 손을 놓지 않을 거야!"

나를 떠나간 네가

다시 내 손을 잡아 주며 말했다.

"그래요, 우리는 헤어진 게 아니에요. 다시는 이 손을 놓지 않을게요."

하지만 우리의 사랑은 다시 시작되지 않았다.

너는 내 꿈속의 너였고

나는 네게서 멀어진 기억 속의 나였다.

우리는 아직도 여전히 헤어진 연인이었다.

아니 언제고 연인이었던 사람들이 되어 가고 있었다.

그것이 사라지고 난 후에야 그 자리에 그것이 있었다는 사실을 뒤늦게 깨닫는 것처럼, 사랑이 떠나 버린 후에야 내게 얼마나 간절한 사랑이었나를 뒤늦게 깨닫는 미련함. 내 모두를 던져 아낌없이 사랑하는 것 같아도, 다하지 못한 사랑은 때로 늦게 도래한다.

진실한 모습

"행복하지 않아!"

차라리 사랑하지 않는다고 했으면, 일부러 모질게 굴고 있음을 의심해 보기라도 하겠거늘, 예상치 못한 한마디가 너무 진실되어 보여, 끝내 아무 대답도 하지 못했다. 같이 있어도 외롭고 불편한 마음은 나 역시도 마찬가지였는데, 아직 너를 사랑하고 있다며 그녀의 단호한 결의를 만류하는 게 내 진심인지도 의심스러웠다.

"나 이제 아무렇지도 않아."

이런 언쟁이 지겹다는 듯, 대화의 맥락을 비껴가던 한마디. 그러나 대화의 맥락과 상관없이 무슨 의미인지 너무도 잘 알겠던 한마디. 차라리 싫어졌다고 말했으면, 화가 나서 하는 말이겠거니 믿고 싶기라도 했을 텐데…. 그 특별하지 않은 어휘와 문장에 실린 침착한 어조가 너무도 진실되어 보여, 이제 정말이지 여기가 끝이라는 사실을 내 무딘 감으로도 알 수 있었다.

상대에게 전혀 감흥이 되지 못하는 사람이 되었다는 사실이 그토록 허망하고 절망스러웠던, 오래전 어느 날. 나만 아파하고 있다는 사실에 또 자존심이 상해서, 나도 이제 너에게 아무런 감정이 남아 있지 않다는 듯, 그러나 너 보라는 듯 거짓된 평온으로 디스플레이 하던 일상.

어떤 이별

너를 잊어버리려고 마신 술에
나를 잃어버리도록 적신 날에

쿨한 척 웃어보려다
취한 척 울어버렸다.

진실이라곤
흘러나오는 내 눈물뿐이었다.

많이 마신 술에 취한 것인지
급히 마신 술에 체한 것인지

격한 울음으로 쏟아내던 토사물을 핑계로,
더한 슬픔으로 고여있던 눈물을 게워냈다.

부유하는 암_Etching, Aquatint_10×10_2019

진실이라곤

토해내는 내 눈물뿐이었다.

헤밍웨이의 품사

"심장을 도려내고 싶다."

이별이 아픈 이유, 한쪽에겐 이별의 의지가 없지만 그 자신에겐 선택권도 없기에…. 차갑게 돌아선 그 마음 뒤에서 울고 있는 내 가슴은 아직도 뜨거운데…. 온기를 잃어버린 사랑 앞에서, 그것을 조금이라도 지연해 보고 싶은 기대로 꺼내든 마지막 간절함까지 담아 무너져 내린 어느 날. 그냥 나의 지금이 이렇게 아프고 힘들다는 사실을 말하고 싶었던 것뿐이었는데, 돌아온 대답은 필요 이상으로 냉정하고 잔인하기까지 했다.

"그러세요!"

헤밍웨이가 그랬다지. 명사와 동사만으로만 글을 써보고 싶었노라고…. 그 어떤 수식도 없는 순수함으로 완벽을 써 내리고 싶었는지 모르지만, 내가 경험한 완벽은 단 하나의 품사에 무너져 내리는 처절함이었다. 잔인한 단어 하나 없이 간단하게 쓰여진, 그러나 너무도 완벽한 잔인함, '그러세요!'

자기가 그렇게 하지 않으면 잔정이 남을 것 같아서 일부러 모질게 굴었다는 해명을 나중에야 건네 왔지만, 그때는 이미 내게 잔정이 남아 있지 않았다. 잔정도 되지 못하는 사랑이 지켜 내야 할 게 뭐가 있었겠는가.

한참의 세월이 지난 지금은, 그날의 그 사람을 이해할 수 있을 것도 같다. 아니 그날도 이미 이해는 하고 있었는지 모른다. 차라리 사라져 버리고 싶을 정도로, 끝을 모르고 스러져 가던 내 자신이 너무 초라해서, 인정하고 싶지 않았을 뿐이다. 내가 한 사랑이 이런 잔혹사로 끝날 리 없다고….

그 사람도 조금은 아팠을 거라는, 돌아보면 무슨 의미가 있을까 싶은 헛된 믿음과 부질없는 기다림 뒤로 불어가고 불어오던 어느 여름날의 바람들로 채워진 휑한 시간들. 이젠 그 바람들이 스쳐 갔던 옷깃들도 내 옷장엔 남아 있진 않은, 너무도 오래되어 버린 이야기. 시절의 끝에서 돌아보니, 덩그러니 남겨진 그 헛된 믿음과 부질없는 기다림 안으로 불어 들던 바람이 차라리 많은 것들을 가르쳐 주었던 것

언제나 함께_Etching, Aquatint_25×25_2016

같다. 믿어 버린 바람에, 기다렸던 바람에, 사랑했던 바람에 깨달아야 했던 내 많은 바람에 관한 것들.

모든 날로부터 멀어져도 잘 잊혀지지 않는 어느 날에 관한 기억. 그렇게 떠나지 않을 기억이거들랑, 얼굴이라도 그날에 멈춰 서게 해줬으면 좋겠건만, 세월은 세월대로 야속하게만 흘러가고, 기억은 기억대로 질기게 들러붙는다.

아! 어쩌란 말이냐? 흩어진 이 마음을
아! 어쩌란 말이냐? 이 아픈 가슴을

'수사'라고까지도 할 수 없는 이 평범한 가사가 왜 그렇게 슬프게 들리는지 모르겠다. 되레 문학적 수사가 다소 작위적이라는 생각, 그렇게 유려한 슬픔이란 게 있기나 한가? 상처를 덧내며 절망의 고름을 짜내는 듯한 공감은, 그렇게까지 유려한 단어들의 조합이 아닐지 모른다.

골목길을 돌아서 뛰어가는 네 그림자
동그랗게 내버려진 나의 사랑이여!

동그랗게 내버려진, 아니 그 모양이 세모여도 네모여도 하등 상관없을 처량함에 대한 의태가 무엇인들 어떠하리.

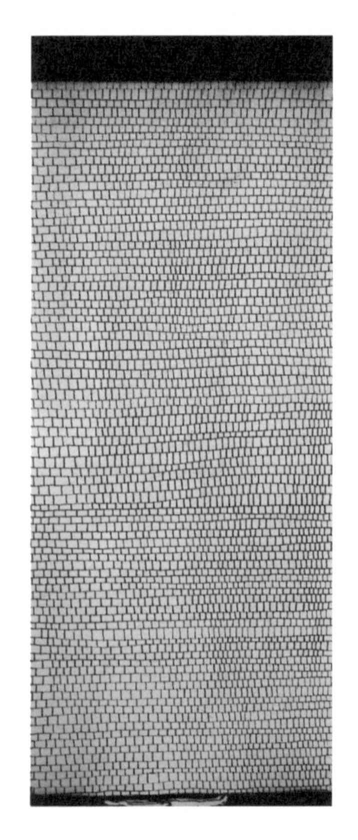

일상의 벽_Etching, Aquatint_30×20_2021

누구도 보아주지 않는 저 모퉁이 돌아에서 홀로 주저앉아 울고 있던, 내 힘든 사랑을 표현하기에는 그 모두가 너무도 모자라기만 한 것들.

전화번호를 외울 일이 없는 시대에, 외우고 있다는 사실이 특별했던 번호. 내 기억에서 그 사람이 완전히 잊혀졌다는 증거이기도 한, 이젠 더 이상 기억나지 않는 번호. 뒤이은 문자가 아니었으면 그렇게 지나칠 뻔한, 그러나 굳이 저장하지 않는 그 사람의 번호.

"그대로네!"

예전보다 나이가 든 얼굴 앞에서의 립서비스. 그렇다고 잘 보이고 싶은 의도도 아닌, 그저 서로에게 흐른 세월에 대한 예의. 예전의 그 사람에 대한 기억과 지금의 그 사람 사이에서의 '차이'를 발견하고 있는 나도 그 시절의 나는 아닐 테니. 사이를 오가는 공감이라곤 그때보다 나이가 든 서로의 얼굴뿐이다.

그때 그 일은 사실 그랬었다는, 그 시절에는 알지 못했던, 이제야 서로에게 건네는 그 시절에 관한 이야기. 왜 그 시절에는 그 이야기를 현재로 해명하지 않았을까? 어쩌면 지금도 다 열어 놓고 이야기하는 건 아닐지 모르고, 과거는 진실을 숨긴 채 여전히 그 자리에 있을지 모르고….

결코 현재로 현전하지 않는, 여전히 겉돌고 비껴가는, 하지만 이젠 어떻든 상관없는 이야기. 언제나 필요한 순간보다 늦게 도래하는 것들. 때론 한참을 늦게, 굳이 그러지 않아도 되는 시간에 당도하는 것들. 지금은 알고 싶은 마음도, 알 필요도 없는 이야기.

그 시절의 내가 아니고 네가 아니라는 사실 이외에는 어떤 것도 없었던 것 같은 해후. 그 사실 사이로 흩뿌린 '잘 살아!'라는 마지막 인사조차 내 진심인지가 의심스러울 정도로, 관심 밖의 일들이 되어 버린, 그대의 얼굴과 그대의 이름과 그대의 얘기와 지나간 내 정든 날. 그 사람 역시 그랬겠지? 잊으려는 노력까지 덧댄 기억이기에, 보다 많이 기억하고 있는 쪽이 더 없어 보일까 봐, 문득 떠오른 그 시절의 이야기도 일부러 다 말하지 않았던…. 그런 점에서 본다면 세월이 흘렀어도 참 변한 게 없는, 여전히 겉돌고 비껴가는, 하지만 이젠 어떻든 상관없는 이야기.

기억 속의 멜로디

'사회적 거리두기 좀 하지, 뭐 한다고들 이렇게 끼질러 나오냐?'

거리를 메우는 저마다의 사연들을 성토하며 나 역시 거리의 빈 곳을 찾아들어 채우는 사연이 된다. 어디선가 들려오는 낯익은 음악. 언제고 내겐 누군가에 대한 사연이었던, 또한 다른 누군가의 사연일지도 모르는…. 하지만 이젠 한동안 멈춰 서서 상념에 빠질 정도의 의미는 아닌, 인파에 밀려 청력의 범위 만큼만으로 스쳐 듣고 마는 그저 거리의 음악이 되어 버렸다. 그만큼 노래의 오랜 생명력을 증명하고 있는 것이긴 하겠지? 내가 지녔던 의미의 기한은 그보다 짧았다. 그런데 또 '파블로프의 개'처럼 상기를 한다는 거. '플랜더스의 개'처럼 순수했던 날들을….

사랑일 뿐야

우리 시대의 선생님들은 왜 그렇게 노래를 시켰는지 모르겠다. 그 기회에 어떤 노래를 부르느냐가 얼리어답터로서의 성향을 증명하는 일이기도 했다. 사춘기 목전에서 만난 이 노래를, 아직 히트곡 반열에 오르기 전에, 아이들 앞에서 불렀었다. 그래서 조금은 더 특별한 기억으로 간직한 경우. 아직은 저 가사의 의미를 겪어 보지 못했던 나이였는데, 그 이해여부와 상관없이 참 좋다고 느꼈던 가사와 멜로디.

그대를 만나기 위해
많은 이별을 했는지 몰라

삶의 어느 순간부터는, 저 가사 자체보다도 저 가사에 담겨진 심리를 이해하게 된다. 지나간 모든 사랑이 당신에게 닿기 위한 운명의 성장통으로서 겪어 온 시간은 아니었을까 하는, 필연에로의 믿음. 그러나 그 믿음 또한 결국엔 과정으로서의 성장통이 되어 버리는 어느 날이 그렇게 슬펐던….

그 가사에 실린 심리를 이해하게 되었다고 한들, 그 심리로부터 자유로워지는 것도 아니다. 다시 다가온 또 다른 사랑에 다시 부여하고야 마는 그 필연의 믿음이라는 것. 하긴 그 정도의 믿음도 없으면 그게 사랑일 리가 있나. 지나간 사랑 모두가 이젠 과정으로서의 의미로 퇴락했을 만큼, 지금의 내겐 당신밖에 보이지 않는다는 의지의 표명이기도 할 테고….

당신이 있는 여기로 올 수밖에 없는 운명이었는지, 어쩌면 여기도 지나쳐 또 다른 곳으로 향해 가야 할 운명인지, 그 또한 알 수 없는 일이지만…. 언제고 질기게 들러붙는 미련으로 여기를 뒤돌아보며 떠나가야 하는 날이 다가올지라도, 지금 여기에선 여기가 내 모든 여정의 끝인 양 사랑하는 것. 뭐 그런 거지.

화려하지 않은 고백

작곡가 故 이영훈 씨가 꼽는 자신 최고의 곡은 「옛사랑」이라고 한다. 자평하길, 그 즈음부터 자신이 쓰는 가사가 시에 가까워졌노라고…. 내 이전 세대에게 이문세와 이영훈의 콤비가 있었다면, 내겐 그 조합만큼이나 최고였던 구성은 이승환과 오태호였다. 이영훈의 음악에 빠져, 노선을 락에서 발라드로 돌렸다는 오태호. 개인적으로 가장 좋아하는 그의 시는, 이승환의 음성에 얹혀진 「화려하지 않은 고백」이다. 학창시절에 이 노래를 얼마나 좋아했던지, 좋아하는 여학생 앞에서 부를 기회가 있을까 싶어 얼마나 연습을 해댔던지.

이 넓은 세상 위에
그 길고 긴 시간 속에
그 수많은 사람들 중에, 오직 그대만을 사랑해

언제 들어도 참 좋은 가사. 오태호의 시는 이승환의 음성으로 낭송될 때가 최고였던 듯. 학창시절에 지니고 있던 이승환에 대한 표상을 이 한 곡이 대리하기도 한다. 화려한 스킬 속에 담겨진 화려하지 않은 고백.

사르트르가 정의한 사랑은 그가 말한 실존적 자유의 연장선이다. 모든 것이 열려진 가능성 속에서의 절대적 선택, 사랑은 그 자유를 전제로 한다. 다른 누군가를 사랑할 수 있는 가능성이 열려 있음에도 그 혹은 그녀를 택하는 것. 무인도에 남겨진 이성이 이 사람과 저 사람밖에 없다면 누굴 택하겠는가와 같은, 어떤 한정된 조건으로 좁혀진 선택지가 아니다. '이 넓은 세상 위에, 그 길고 긴 시간 속에, 그 수많은 사람들 중에 오직 그대만을' 사랑하는 것.

"너 아니면 내가 만날 사람이 없냐?"

호기를 부려 보아도, 네가 아닌 다른 사람을 마주하고서도 노상 너를 생각하고 있는 것. 또 뭐 그런 게 사랑이지, 여기에 무슨 사르트르의 철학씩이나….

관계의 변화

'세상에 이런 사람이 있다니!' 했는데,

'세상에 이런 사람도 있구나!' 싶더니,

'세상에!' 이젠 뭐 저런 게 다 있나 싶다.

그러나 또한

이 세상에 그 사람밖에 없는 것.

이승철이 부릅니다.「그런 사람 또 없습니다」

4. 네버엔딩 스토리

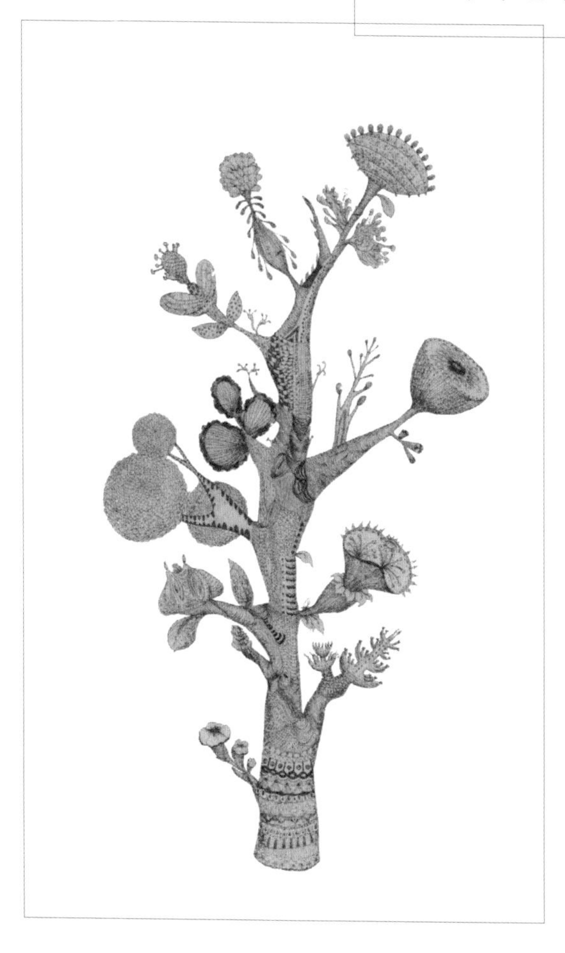

인디언의 기도

'바라는 소원을 만 번 기도하면 이루어진다.'

인디언 속담 중에 이런 말이 있단다. 아직 신화의 문법을 살고 있는 이들이란 사실을 감안한다손 쳐도, 결국 그 기도와 함께하는 열의에 대한 은유이겠지만….

문명을 살아가면서도, 때로 그 원시신앙을 곧이곧대로 믿어 보고 싶을 때가 있다. 부질없음을 모르진 않으면서도, 정말 만 번을 채워 볼 요량으로….

아직 만 번이 안 된 거야?

아니면 내가 인디언이 아니라서 안 되는 거야?

'바라는 소원을 만 번 기도하면 이루어진다.'

인디언 속담 중에 이런 말이 있단다. 만 번의 기도는 도대체 얼마의 시간을 필요로 하는 행위일까? 만 번의 기도가 끝날 때까지 그 간절함이 유지될지도 의문이지만, 그래도 기도만으로 모든 것이 이루어진다는 보장만 있다면야 백만 번인들 못 빌겠는가. 그러나 그도 만 번을 채우기 전에, 그것을 할 수 없는 오만가지 변명이 생겨 버리는 갈대 같은 마음.

하여 만 번의 기도라는 것도, 기도만 하고 앉아 있는 이에게서 가능한 절박함이 아니요, 이미 행하고 있는 이에게서 가능한 간절함이다. 따지고 보면 만 번의 횟수라는 게, 어느 영역의 전문가가 될 시간이기도 하다. 그러니 만 번을 빌기 전에 이루어질 것이다. 인디언들이 이토록 합리적이다.

추억의 개그 하나,
이쑤시개로 코끼리를 죽이는 방법.
찌른 후 죽을 때까지 기다린다.
죽기 바로 직전에 찌른다.
죽을 때까지 찌른다.

불가능해 보이던 것을 가능태로 바꾸는 방법.
일단 뭐라도 시작하면서 대운의 시기를 기다린다.
기회다 싶은 순간을 절대로 놓치지 않는다.
그도 아니면,
그냥 될 때까지 하는 거다.

별똥별이 대기권에서 불타 없어지는 우주먼지라는 사실을 모르지 않는다. 지상의 소원들과는 아무런 상관관계도 없는 자연현상에 불과하지만, 우연히 마주친 그것을 무심히 지나칠 정도로 합리적인 사람도 되지 못한다. 그 인과를 기대하지 않으면서도, 떨어지는 유성에는 순간적으로 반사적으로….

그런데 또 그 비합리로써 소원에 닿는 이들도 있을 터, 때로 비합리적 의지의 힘은 상관과 인과 너머에서 그것들을 끌어당긴다. 그들에게 소원이 이루어진 언젠가는, 별똥별에게 빌었던 언제고의 결과이지 않을까?

인류의 시간을 거슬러 올라가면 신앙과 철학이 하나였듯, 여전히 믿음과 의지 사이에서 모호한 것들. 결국 네 스스로 이루어 낸 것이다. 그러나 곁에서 함께했던 믿음이 미신에 불과했다고 말하는, 이루어 낸 자들이 있을까? 하여

다시 시작된 파라다이스_Etching, Aquatint_80×95_2016

인류가 여전히 유성의 찰나를 놓치지 않고 소원을 빌고 있는 건 아닐까?

햇살 가득 고인 인당수의 푸른 물결은 어찌 이리도 아름다운가! 저 깊은 푸르름이 오늘 내가 묻힐 곳이란 말인가? 아버님의 눈을 밝혀 드릴 수만 있다면야 이 한 목숨이 아까우랴. 박복함에 닳고 닳은 이 천한 몸뚱어리쯤이야, 눈물 같은 저 푸르름 위로 고이접어 나빌레라.

합장을 하고 나의 마지막을 하늘에 고하니,

"하느님 전에 비나이다. 심청이는 죽는 일이 추호도 서럽지 않으나 부친의 깊은 한을 생전에 풀려 하옵고 이 죽음을 당하오니, 부디 감동하셔서 제 아비의 눈을 명명하게 띄어 주옵소서."

팔을 들어 소리 치고 뒤를 돌아다보며 이르노니,

"여러 선인 상고님네 편안히 가옵시고, 억십만금 이문을 내어 이 물가를 지나거든, 나의 혼백 불러 무랍이나 주오."

순간, 밀려온 큰 너울에 배가 휘청거린다. 중심을 잃고 넘어질 뻔했다. 죽기를 각오하고 뱃머리 끝을 딛고 있는 마당에, 바다로 떨어질까 봐 사력을 다해 균형을 잡고 있는 이 우스꽝스러움은 뭐란 말인가. 어차피 조금 있으면 바다의 넋이 될 몸이거늘, '하마터면 죽을 뻔 했네'라며 안도의 한숨을 내쉬는, 마지막 순간까지도 질기게 들러붙는 생의 모순.

아! 정말이지 오늘은 죽고 싶지 않다. 허긴 내일인들 괜찮을까? 길지 않았던 평생을 갑갑하게 살아온 삶, 마지막 순간까지 숨이 막혀 죽어야 하는 이 더러운 팔자. 이런 니기미 좆 같은! 내가 원해서 태어난 것도 아니었거늘, 내가 던져진, 내게 주어진 삶이란 그런 것이었다. 어제와 같은 오늘, 오늘과 같은 내일, 참 한결같이 좆나게 아름다운 절망의 나날들. 어차피 사는 게 사는 게 아니었던, 태어나 한 번도 행복하지 않았던 이 삶에서 차라리 자유로워지려고 인당수 앞에 섰건만, 막상 죽음과 마주한 지금은 죽고 싶지 않다.

정말 신이 있긴 한 걸까? 왜 내겐 이리도 모진 삶만을 내려 주신 걸까? 평생 고생만 하다가 가는구나. 젠장! 열심히나 살지 말걸. 산다고 살았는데, 결국엔 내 인생의 가치가 고작 쌀 300섬이었다. 시발! 억울해서 죽지도 못하겠다.

내가 귀신이 될 판에 바다의 넋을 달래기 위해 나를 바친다는 이 해괴한 논리는 뭐란 말인가? 여기 서 있는 나는 또 이 무슨 정신 나간 짓이란 말인가?

"콰일러(快了)! 콰일러!"

그만 좀 보채라. 이 떼놈 새끼들아! 안 그래도 뛰어내릴 참이다. 죽음이 그리 쉽던가? 이것들이 지들 일 아니라고…. 내 죽어서 귀신이 되면 니들부터 찾아가 아작을 낼 것이야!

잘 있어라 콩쥐야! 나 먼저 가서 기다릴 터이니, 내 얼굴 잊지 말거라. 바다여! 너는 이 가슴에 사무쳐 흐르는 뜨거운 슬픔을 아는가? 알긴 니가 뭘 알아? 슬프도록 아름답기만 한, 이 무정한 바다여!

"콰일러! 콰일러!"

거 참, 뛸 거라니까! 새끼들 성격도 급해. 아버님! 이 못난 자식, 불효해요!

스피노자의 신학과 라이프니츠의 운명론을 종합하자면, 우리는 신이 써 내리는 소설 속을 살아가는 주인공들이다. 오직 신만이 알고 있을 우리 삶의 결말. 그러나 그 결말을 알 수 없는 입장에선, 신의 소설 속에서 최선을 다해 살아가는 결과가 결국 그 결말이기도 하다. 그렇듯 신의 소설은 우리의 의지대로 쓰여져 있는 것이기도 하다. 우리가 살아내는 만큼까지가 우리에게 주어진 운명이다.

우리 모두는 「심청전」의 결말을 알고 있다. 이야기는 극적 반전을 위해 그토록 모진 절망을 앞쪽에 배치한다. 우리의 삶을 써 내려가는 신의 필법 역시 그렇지 않을까? 그러나 막상 소설 안에서 절망의 순간을 맞닥뜨린 심청의 심정은 어떠했을까? 소설의 바깥에서 살아가는 이들이 모진 삶의 곡절들을 겪으며 느끼는 그것과 별반 다르지 않을 것이다. 심청은 곧 우리다. 단지 우리는 이미 심청의 결말을 알고 있다는 차이가 있을 뿐이다. 소설 속의 심청에게 있어, 소설 밖의 우리는 곧 신의 시점이기도 하다. 신에게는 있어, 우리가 심청의 입장일 테고….

이상한 나라의 앨리스와 도로시

사활을 건 붉은 여왕과의 결전. 거친 숨을 몰아 쉴 잠깐의 틈도 허용하지 않으며 몰아붙이는 붉은 여왕의 연격(連擊)에, 앨리스는 숨이 막힐 지경이다. 역시 벅찬 상대다. 그 순간, 하늘 어디선가 날아온 집 한 채가 붉은 여왕의 머리 위로 묵직하게 내려앉는다.

새어 나오는 안도의 한숨과 함께 주저앉은 앨리스는, 날아온 집에서 문을 열고 나오는 어린 소녀와 눈이 마주쳤다. 앨리스에게서 눈길을 거둔 소녀는 아무런 말없이, 치마주머니에서 말보로 레드 한 갑을 꺼내든다. 한 가치를 집어 물고 담배 끝에 불을 당긴다. 깊이 빨아들였던 한 모금의 연기를 내뿜으며 말한다.

"아, 시발! 잘못 왔네."

걸쭉한 가래침을 바닥에 뱉은 후 다시 말을 잇는다.

"니가 앨리스냐? 근데 생각보다 겉늙었네. 시발!"

딱 봐도 앨리스보다 어리게 생긴 년이 다짜고짜 반말이다. 쌉퉁머리 없는 저 반 토막 혀는 그렇다 쳐도, 굳이 '시발'을 쳐 다는 저 말투는 누가 봐도 치기 어린 도발이다

가쁜 숨을 진정시키느냐 아직까지 한마디 말도 하지 않고 있던 앨리스, 크게 한 번 심호흡을 한 뒤에 비로소 말문을 열었다.

"니가 캔터키의 도로시구나?"

오즈로 날아가야 할 년이 왜 여기서 깝치고 있는지 알 수는 없었지만, 앨리스는 냉정을 잃지 않으려 노력했다.

"캔터키가 아니라 캔사스야. 이 무식한 년아!"

입에 걸레를 쳐 물었다. 그러나 앨리스는 애써 냉정을 유지한다.

"잘못 찾아왔나 보구나? 여기는 오즈가 아닌데…."

"나도 알아. 그래서 지금 빡쳐 있는 거 안 보여?"

"알면 꺼져! 이 썅년아!"

앨리스는 끝내 냉정을 잃었다. 도로시의 표정이 굳어진다. 일촉즉발의 상황, 말보로가 물려 있던 도로시의 입술에 허한 웃음이 번진다.

"햐~~ 시발!"

아직 장초인 말보로를 내뱉더니 치마끈을 질끈 동여매

는 도로시. 곁에서 내내 이 상황을 지켜보고 있던 하얀 여왕이 중재를 위해 도로시에게로 다가섰다.

“도로시, 우리 이러지 말고 다시 캔터키로 돌아갈 방법을 함께 찾아보아요.”

“이 늙다리는 뭐야? 그리고 캔터키가 아니라 캔사스라고…. 시발!”

예상치 못한 도로시의 막장에 하얀 여왕도 점점 빡이 돌기 시작한다.

“도로시! 올해 나이가 어떻게 되죠?”

“나이는 왜? 너보다는 어리겠지.”

“어른한테 하는 말치곤 너무 예의 없다고 생각하지 않아요?”

“뭐야 이 꼰대는…. 넌 빡친 상태에 예의 있게 말하냐? 왜? 예의 있게 말해 줘? 내가 왜 아줌마한테….”

도로시의 말이 끝나기도 전에 도로시의 머리끄댕이를 잡아 챈 하얀 여왕은, 날아온 집 담벼락에 도로시의 얼굴을 냅다 처박았다.

“대갈빡에 피도 안 마른 년이 뒤질려고, 어디 남의 나와바리에서 엉을 까고 지랄이야? 아가리를 확 썰어 벌라. 다시 캔터키로 돌아가서 닭이나 튀겨, 이 썅년아!”

도로시의 얼굴에서 흐르고 있는 것은, 피다. 그것도 코피다. 가오 털리게….

"근데 이 허여멀건 아줌씨가, 잠자는 사자의…."

"뭐래? 이 병신 같은 년이…."

순간, 도로시의 당수가 하얀 여왕의 안면을 강타한다. 예상치 못한 일격에 하얀 여왕의 코가 주저앉았다.

"이런 썅년이 비겁하게, 방심하고 있는데…."

아픔보단 쪽팔린 마음에 욕을 내지른 하얀 여왕, 그러나 욕설의 문장을 채 완성하기도 전에 이어지는 도로시의 연타. 하얀 여왕이 도로시에게 죽도록 쳐맞고 있다.

"시발년이 별것도 아닌 게, 뒤질려고…."

하얀 여왕은 이미 뒤진 거나 다름없을 정도로 맞았다. 주먹질을 멈추고 다시 치마주머니에서 말보로 레드를 꺼내들던 도로시는, 분이 안 풀렸다는 듯 바닥에 엎어져 있는 하얀 여왕을 걷어찬다.

"너 때문에 담배 구겨졌잖아. 이 개 같은 년아!"

이 참혹한 광경을 지켜보고 있던 앨리스는 오줌을 찔끔 지렸다. 하얀 여왕을 저토록 간단하게 때려눕히다니, 뻥카는 아닌 듯하다. 어디서 굴러 먹었길래 저토록 센 년이…. 그런데 지금껏 붉은 여왕과 싸운 자신이 갑자기 왜 저 년이

랑 싸워야 하는 거지? 이게 도대체 어떻게 흘러가는 스토리인 거지? 저 년이 이미 오즈의 마법사를 만나서 각성을 이룬 것일까? 동화 나라의 도장깨기를 하고 다니는 건가?

이미 움츠러들 대로 움츠러든 간담이지만 여기서 돌아설 수는 없다. 이상한 나라의 자존심이 자신의 두 어깨에 달려 있다는 것을 앨리스는 안다. 이 이상한 나라가 자신에게 해준 것이 뭐가 있다고…. 그러나 지금 이 순간만큼은 이상한 나라를 대표하고 있다. 모든 이들이 자신을 지켜보고 있다. 그들의 기대를 저버릴 수가 없다.

"어이, 앨리스! 왜? 갑자기 쫄았냐?"

오라질 년, 눈치도 빠르다.

"미친 년! 지랄은…. 닥치고 어서 들어오기나 해!"

말은 그렇게 했어도, 앨리스는 사실 조금 겁이 난다. 도로시가 다시 말보로 레드 한 가치를 입에 물었다. 내뿜은 자욱한 연기 사이로 그녀가 다가오고 있다. 점점 가까워지고 있다. 도로시의 저 작고 하얀, 그렇지만 강철과도 같은 하드펀치가 앨리스에게로….

그런 경험들 있지 않나? 내 문제를 해결해 주며 다가온 이가, 나중에는 더 큰 문제를 야기했던….

네버엔딩 스토리

선물로 받은 콩 씨앗을 마당에 심었더니, 콩나무가 하늘까지 자란다. 콩나무를 타고 하늘로 올라간 잭은 천도복숭아를 훔쳐 지상으로 달아난다. 옥황상제가 잭을 잡기 위해 환웅을 내려 보낸다. 백방으로 찾아 헤매던 중 곰과 호랑이를 만난다. 두 녀석 모두 사람이 되고 싶다고 환웅의 바짓가랑이를 붙잡고 늘어진다. 마늘과 쑥을 먹인다. 곰만 사람이 되니 웅녀다.

환웅은 자신이 사람으로 만든 웅녀에게 첫눈에 반해 버렸다. 그러나 웅녀는 이미 호랑이를 사랑하고 있던 터, 사람이 되지 못한 호랑이를 잊지 못했고, 이제 환웅이 웅녀의 치맛자락을 붙잡고 애걸복걸이다. 둘 사이에서 아이가 생긴다. 출산 당일 웅녀가 알을 낳았고, 그 알에서 여자 아이가 태어난다. 환웅은 요상한 일이라 여겨 아기를 바구니에 담아 흐르는 강물에 내다 버린다. 마침 지나가던 일곱 난장

이들이 그 아이를 집으로 데리고 왔다. 이름을 신데렐라라고 지어 준다. 신데렐라는 아주 어여쁜 숙녀로 자라난다.

궁전에서 열리는 무도회에 초대받은 신데렐라는 계곡에서 목욕을 하고 있었다. 이를 엿보고 있던 한 사내가 옷을 훔친다. 잭이다. 울고 있는 신데렐라 앞에 요정이 나타나 옷과 마차를 만들어 주고 괘씸한 잭을 개구리로 만들어 버린다. 신데렐라는 궁전으로 가는 도중 한 노파가 건넨 사과를 한 입 베어 물고 그 자리에 쓰러진다. 아까 그 개구리가 나타나 신데렐라에게 입을 맞춘다. 신데렐라가 깨어나고 개구리는 다시 잭으로 돌아온다.

둘은 숲속에서 길을 잃었다. 하염없이 걷고 있는데 과자로 만든 집이 나온다. 집 안의 새장 안에는 파랑새가 있다. 예쁘다. 과자를 집어 먹고 있던 신데렐라가 심심해 잭에게 장난을 친다.

"늑대가 나타났다!"

신데렐라의 코가 길어진다. 과자로 만든 집은 실상 마녀의 거주지였다. 이 개념 없는 년놈을 당장에 삶아 먹고 싶지만, 우스꽝스러운 신데렐라의 코를 보니 또 안쓰럽다. 그러나 마녀는 저주를 걸 줄만 알았지, 풀 줄 몰랐다. 마녀는 길어진 코를 다시 예전으로 되돌린 방도를 알려 주니, 용왕을 만나러 가란다. 신데렐라는 쪽팔려서 이대로는 밖에 못 나간다며, 잭 혼자 갈 것을 종용한다. 용궁에 도착했더니, 이지랄 맞은 타이밍, 하필 용왕이 아플 때 왔다. 잭에게 뭍으로 나가 토끼의 간을 구해 오란다. 그럼 소원을 들어준단다.

잭은 육지로 나와 토끼들을 만나 보고 다닌다. 자신과 함께 용궁에 가게 되면 얻을 수 있는 혜택들로 약을 팔며…. 그러나 어떤 미친 토끼가 그런 허술한 수작에 넘어가겠는가. 그런데 미친 토끼가 있긴 있었다. 예전에 어느 거북이 놈이랑 용궁을 가본 적 있다며, 잭이 처한 대강의 상황에 대해 알고 있기도 했다. 자기랑 경주를 하잖다. 이기면 자기의 간을 주겠단다. 토끼가 이겼다.

주저앉아 울고 있는 잭의 곁에 두꺼비가 나타나 도와준단다. 딱 봐도 느리게 생긴 게 지가 대신 토끼랑 경주를 하겠다고 나선다. 두꺼비도 졌다. 잭이 홧김에 두꺼비를 발로 걷어찼다. 두꺼비 다리가 부러진다. 미안한 맘에 두꺼비 다리를 정성껏 치료한다. 두꺼비가 감사의 표시로 어디선가 물어온 박씨를 던져 주고선, 풀숲으로 사라진다. 잭이 그 박씨를 집어 들려는 찰나, 아직 땅속에 심지도 않았거늘, 갑자기 박씨가 스스로 뿌리를 내리더니 그 줄기가 하늘까지 자란다. 그 옆으로, 누구 두고 간 것인지 알 수 없는 말

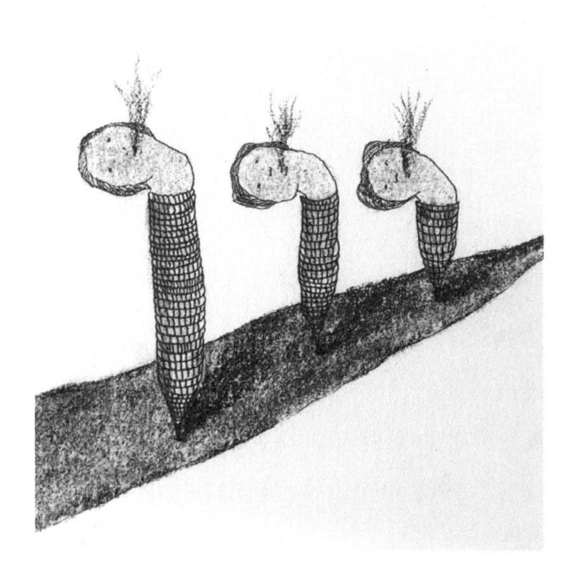

애매한 원근감_Etching, Aquatint_30×20_2021

보로 레드 한 갑. 잭은 한 가치를 피워 물며 말한다.

"아~ 놔, 장난쳐? 뭐 어쩌라고?"

때론 정말이지 신의 장난 같은 이 놈의 인생.

욕심 많은 임금님은 자신이 진실되고 착한 사람이란 믿음을 포기하고 싶지 않았다. 그래서 신하들 중 그 누구도 감히 진실을 말할 수가 없었다. 착한 사람 눈에만 보인다는 옷이 보이는 척이라도 해야, 자신도 착한 신하가 될 수 있는 상황이었다.

"새 옷이 정말 잘 어울리십니다."

임금님은 착한 사람들의 착한 말들에 둘러싸여 거리를 활보한다. 시민들 그 누구도 진실을 말할 수 없었다. 임금이 보기엔 그 모두가 착한 백성이었다.

그 모습을 본 한 아이만이 진실을 외친다.

"임금님이 벌거벗었다."

임금도 애초부터 의심은 하고 있었다. 그러나 욕망에 사로잡힌 어리석음은 믿음이 되었고, 그 믿음에 어긋나지 않기 위해 신하들은 거짓을 말했다. 임금의 심기를 건드리고 싶지 않은 거짓된 반응들이 임금의 믿음을 더욱 공고히 했다. 善의 욕망은 美의 피드백으로 믿음이 된다. 자신의 가치에 부합이 되는 것들, 보기에 좋고, 듣기에 좋은 것들이 곧 정의다.

정신과 의사이기도 했던 야스퍼스에 따르면, 과대망상은 피해의식의 반동이며 결국엔 같은 원인이다. 과도한 자기애적 집착은 되레 사랑받지 못하고 있다는 낮은 자존감에서 연유하는 증상이다. 스스로에 대한 낮은 신뢰도가 항상 타인의 검증을 갈망하는 것. 이런 낮은 신뢰도 앞에는 항상 높은 타당도를 가장한 유혹이 다가온다. 이 옷은 당신처럼 착한 사람 눈에만 보인다며…. 그리고 다시 한 번 '착한 자신'을 믿는다.

램프의 진희

우연히 요술 램프를 줍게 된 한 남자. 램프를 문지르자 요정 진희가 나타났다.

진 희 : 주인님! 소원 세 가지를 말씀하시면, 무엇이든 들어드리도록 하겠습니다.

남 자 : 부자가 되게 해주세요.

진 희 : 두 번째 소원은 무엇입니까?

남 자 : 아름다운 여자와 결혼하게 해주세요.

진 희 : 별로 어렵지 않은 소원이군요. 마지막 소원은 무엇입니까?

남 자 : 소원 세 가지만 더 들어주세요.

진 희 : …… 이런, 개…

소원을 들어주지 않고, 진희는 사라졌다. 거기서 멈추지

그저 바라보다가_Etching, Aquatint_75×56.5_2016

못해 결국엔 망쳐 버렸던 기억, 행운이란 놈은 감당하기 버거운 우리 욕심의 무게 때문에 번번이 발길을 돌렸는지 모른다.

동아줄

하늘은 이따금씩 동아줄을 내려 보내 준다. 그것이 기회인지 아닌지를 따질 여유도, 분별력도 우리에겐 없다. 일단 붙잡고 본다. 그러나 간혹 땅으로 곤두박질치는 이유가 썩은 동아줄인 것도 아니다. 다른 한 손에서 놓아주지 못하는 욕망의 중력이, 동아줄을 잡고 있는 손의 악력마저 위태롭게 하는 것.

제비 다리를 고쳐 준 흥부는 큰 부자가 됐다. 이른바 벼락부자. 졸부 마인드로 신세를 망쳤던 놀부의 경우를 교훈 삼아 절제의 미덕으로 살고자 했지만, 능력은 없으면서 많이도 낳아 놓은 자녀들에 대한 책임감이 교육비만큼은 아끼지 않는다. 성균관에 입학하지 못한 동네 한량들을 집으로 불러들여 아이들에게 글공부를 가르친다. 자식들은 가난해도 마음껏 뛰어놀던 과거를 그리워한다. 하지만 흥부와 그의 아내는 단호하다. 횡재의 부를 유지할 수 있는 수단을 교육으로 생각하고 있다.

흥부는 다시 돈을 벌어야 했다. 성공하는 법, 성공을 위한 컨설팅으로 이곳저곳 강의를 나간다. 실상 자신이 겪은 성공의 비법이라고는 제비 다리를 고쳐 준 것밖에 없다. 그러나 대중들 앞에서 그 사실을 어떻게 고백할 수 있겠는가. 그래서 자신도 확신하지 못하는 여러 성공 사례들을 조합해 자신의 성공일대기를 팔았다. 하지만 강사료만 가지고는 사교육비를 감당하기에도 빠듯하다. 매사 성실하게 살고자 해도, 궁핍을 벗어나지 못하는 삶의 악순환은 가난한 시절과 별반 달라진 게 없다.

그러던 어느 날 욕망이 찾아왔다. 다시 제비가 날아들었다. 돈이 필요하다. 그러기 위해선 부러진 제비다리를 고쳐 주어야 한다. 그보다 먼저 제비의 다리가 부러져야 한다. 내적 갈등 끝에, 흥부는 제비 다리를 일부러 부러뜨리고 있는 자기 자신을 발견한다. 그리고 깨닫는다. 놀부는 본디 외아들이었다는 사실을…. 흥부란 존재는 애초부터 없었다. 자신이 만들어 낸 환영이었을 뿐이다. 놀부는 문득 자기 자신이 도리어 흥부의 환영이 아닐까 하는 망상에도 사로잡힌다.

그 순간, 손에 쥐고 있던 제비가 사라진다. 어찌 된 영문인지 몰라 주의를 두리번거리던 놀부는 그제서야 자신의 다리가 부러져 있다는 사실을 깨닫는다. 그리고 자신이 누군가의 집 앞마당에서 죽어 가고 있는 제비의 환영이었다는 사실을 아울러 깨달아야 했다.

발상의 전환이라는 명분으로 전래동화에 대한 재해석이

유행했던 적이 있었다. 나는 보르헤스의 「원형의 폐허들」과 「아비정전」의 '발 없는 새'로 각색을 해봤었다. 자신의 욕망을 투영하는 대상으로서의 타자들. 어쩌면 그것들이 욕망의 허상이기 이전에, 우리 자신이 이미 환영의 육화인지도 모른다. 적어도 남들처럼은 살아야 한다. 남들이 가진 것을 나 또한 소유하고 있는가가 신경이 쓰여 늘 주위를 두리번거린다. 그러나 '남들만큼'의 '남'이란 항상 그 대상이 바뀌며, 이미 가지고 있는 것보단 여전히 없는 것들에 갈증과 허기를 느낀다. 만족에 대한 갈구는 끝없는 진화를 거듭한다. 실상 그 '남'이란 존재는 어떤 구체적인 대상이 아닌 자신의 욕망을 인격화한 것이다. 이기, 질투, 미움, 허영 등 여러 부도덕의 감정들도 결국엔 그 타자적 욕망의 세포분열에 지나지 않았다는, 뒤늦은 각성 끝에 홀로 남겨진 제비 한 마리. 그것이 가련하고도 초라한 우리의 자화상은 아닐까?

이해의 선물

검색을 해보니 중학교 교과과정이었던 소설, 폴 빌라드의 『이해의 선물』. 어린 시절의 어느 날 은박지에 담긴 버찌씨를 가지고 사탕가게에 들어간 주인공은, 가게 주인 위그든 씨에게 그것을 내밀며 묻는다.

"모자라나요?"

위그든 씨는 돈이 남는다며 사탕과 함께 거스름돈 2센트까지 건네준다. 아이는 그저 엄마가 무엇을 건네고 무언가를 건네받는 행위를 보고서 교환과 화폐의 개념을 알게 됐을 터, 그러나 아직 '통화(通貨)'의 개념이 없다. 근데 왜 하필 버찌씨였을까? 여하튼 아이에게는 교환가치로 환산될 수 있는 사용가치를 지닌 버찌씨였을 테고, 위그든 씨는 그 동심의 경제학을 지켜 준다.

이런 유년의 이야기의 숨겨진 결말이 대개 어떤가 하면, 자꾸 애가 동네 가게에서 뭔가를 집어 오는 게 이상하다 싶은 엄마가 가게 주인을 만나서 변상을 해주려고 하면, 가게 주인은 애가 그런 거니 괜찮다고 대답하고, 엄마는 미안한 마음에 당장에 필요도 없는 물건을 그 가게에서 구입하는 것으로 훈훈한 마무리. 어떻게 아느냐고? 나는 기억도 못 하는 시절의 내가 이랬단다. 심지어는 내 손에는 버찌씨도 없었다. 경제의 개념은 물론, 절도의 개념도 없었던 거다.

세상에 닳고 닳은 동심파괴적 관점에서의 알레고리로 이어 보자면, 아이가 다음에도 계속 버찌씨를 가지고 오면 어떡하지? 버찌씨를 손에 쥔 온 동네 아이들을 몰고 오면 어떡하지? 거스름돈은 계속 지출이 되어야 하는 건가? '애야, 사실은 이렇단다'라며 이제 와서 실상을 가르쳐 줄 수도 없는 노릇. 이럴 거면 애초부터 바로 알려 줬어야지, 아이 입장에서는 얼마나 혼란스럽겠는가.

다른 가능성을 상상해 보기도 한다. 위그든 씨의 가게가 쉬는 날, 대신 들어간 동네의 다른 사탕 가게에서 현실 경제를 깨닫고, 일전의 일들이 위그든 씨의 배려였음을 아울러 깨닫는 경우. 내가 그 동심에게 실망을 안겨 주는 '처음'이 되고 싶지는 않거든. 차라리 남이 대신해 줬으면…. 그러면서도 괜히 나 때문에 다른 가게에서 혼란을 겪어야 하는 것은 아닐까, 걱정도 되고 미안한 마음도 들고….

서로의 언어_Etching, Aquatint_10x10

또 다른 경우의 수, 다른 가게로부터도 현실 경제를 깨닫지 못하고, 저 가게에서는 버찌씨를 안 받는구나 하면서 다시 버찌씨를 들고 위그든 씨의 가게로 향할 가능성. 이땐 정말 어떡하지?

슈퍼맨이 하늘을 날 수 있는 이유를 빨간 망토에서 찾으려 했던 유년 시절. 두 팔을 곧게 앞으로 펴고, 목에 두른 '보자기 휘날리며' 동네 골목을 뛰어다니던 어린 슈퍼맨은, 머릿속으론 날고 있음에도 다리가 수고로워야 했다.

어린 시절에는 그토록 가져 보고 싶었던 초능력들. 성인이 되어서도 이런 공상을 아주 안 하고 살지는 않는다. 하지만 하늘을 날고 손에서 거미줄이 나오는 터무니없는 초능력에 집착하진 않는다. 투명인간이나 사람의 마음을 읽는 정도의, 그나마 현실적인 욕망을 이루어 줄 수 있는 초능력이 생겼을 경우를…. 이도 웃기지 않나. 어차피 허구이긴 매한가지인데, 그나마의 '현실성'을 따지고 있다는 사실이….

눈에 들어온 장난감이 갖고 싶어 길바닥에 주저앉아 울며불며 떼를 쓰는 동심들. 당황한 엄마는 어르고 달래다 못해 급기야 볼기를 치고 만다. 그 모성이 안쓰럽기도 하고, 그 치기 어린 고집이 짜증을 불러일으키기도 하지만, 애써 기억하지 않는 유년 시절의 우리 모습이기도 하다. 어른이 되어서는 장난감에 집착하지는 않는다. 하지만 대상이 장난감이 아닐 뿐이다. 집착의 목록은 더욱 많아졌다. 누가 누구보고 유치하다 하는가?

화투를 처음 배운 이들이 의외성을 발휘하는 이유는 별다른 전략이 없기 때문이다. 그저 손에 든 그림과 깔려진 그림을 맞추는 단순함은, 다른 선수들이 어떤 패를 모으고 있는지에 대해서는 도통 관심이 없다. 판이 돌아가는 흐름을 전혀 신경 쓰지 않으면서도, 맥을 족족 끊어 놓는 순수의 열정 앞에서는 노회한 관록이 되레 독박의 리스크다. 욕심도 없다. 광 3개로 난 후에 스톱을 외치며 광박을 챙기는 소박함, 따놓은 패로 담요의 가림 면적을 최대화하겠노라는 성실함, 그게 전부다. 그런데 그러다 이긴다.

타짜가 낀 판이라면 어차피 못 이길 테고, 그렇지 않을진대 이것저것 잴 것 없이 아싸리 순수의 열정으로 밀어붙이는 것도 한 방법.

아집

'아집(A풀하우스)'이 들어왔다. 무조건 배팅이다. 흐트러짐 없는 포커페이스를 유지하고, 침착한 레이스 운영으로 상대방을 유도한다. 포카드와 스트레이트플러시의 확률은 생각지 않는다. 걷잡을 수 없이 커진 판이지만, 이 패를 쥐고서 이제와 '다이'를 외치는 것도 병신이다.

아집(我執)을 버리기란 쉽지 않은 일. 해석하기에 따라 신념이란 단어로 대리할 수 있는 확고한 자기 철학이기에…. 또한 자기 생각은 언제나 '풀하우스' 정도의 화력일 것 같거든. 그것을 비판하는 숱한 조언만큼이나, 그것을 지지하는 숱한 격언들이 존재한다는 사실이 이 비극의 존립 근거이기도 하다. 아직은 한낱 가정인 승률 앞에서, 자신이 지닌 패만을 볼 것이 아니라 게임의 흐름을 관망하는 역량은 진즉에 구비하고 있어야 했을 일. 이 거대해진 한 판에서 교훈을 얻을 게 아니라….

쫄면은 한 제면 공장의 실수로 만들어진 굵은 면발에서 유래한단다. 버리기가 아까워 근처 식당에 갖다 줬고, 그렇게 개발된 메뉴라고…. 포스트잇은 한 접착제 회사가 야심차게 진행했던 프로젝트의 실패작이었다. 폐기처분을 앞두고 있던 불량 접착제 위로 우연히 떨어진 종이 한 장 때문에 세계인들이 애용하는 발명품이 탄생하게 되었다고….

때론 전력을 다한 헛발질에 훼이크로 걸려드는 행운이 있기도, 허공의 삽질 속에서 다져지는 근력이 있기도 하다. 행운이란 놈은 언제나 의외의 방향에서 예상치 못하게 치고 들어오는 바, 도대체 이게 뭐 하는 짓인가 싶은 그 지랄 옆차기에 어떤 미래가 걸려들지 모르는 일이다. 아무리 삽질 같아 보여도, 그 삽 끝에 어떤 미래가 걸려들지 아직은 모르는 일. 그러니 모든 순간에 성실할 것. 매 순간을 살 것.

바깥에서

행운이란 놈은 언제나 '바깥'에서 치고 들어온다. 그것들은 늘 '뜻밖에' 혹은 '예상 밖의' 속성으로 다가오지 않던가. 불운이 그러하듯….

뜻대로 예상대로 되지 않을 수 있다. 안 되는 방식 또한, 최악으로 가정한 가능성 너머의 최악일지 모른다. 그러나 뜻하지 않게 되어 버리는, '뜻밖에'와 '예상 밖의' 경우의 수도 남아 있을 거라는….

영화 「중경삼림」에서, 임청하가 레인코트와 선글라스를 함께 착용하고 다니는 이유는, 언제 비가 내릴지 언제 햇볕이 내려쬘지 모를 기후의 불확실성 때문이다. 상처가 있어도 있을 법한 마약 밀매업자가 인생의 기후를 대하는 법은 철저히 미연에 대비하는 것. 두 상황 모두를 선택했지만, 비 오는 날의 선글라스와 맑은 날의 레인코트라는, 실상 어느 한 상황에도 충실하지 못한 '철저'이기도 하다. 그러나 또 우연히 마주친 어떤 남자에게는 그 철저함의 경계를 풀며 감정이 이끄는 대로 끌려가 보기도 하는….

자신의 필연으로 닫아 둔다고 해서 피할 수 있는 것도 아니다. 소나기처럼, 사랑처럼, 예상치 못한 '뜻밖의' 성질로 다가오는 사건들. 그 우연을 통해 처절히 허물어지기도 하는 철저의 신념. 이제 비를 맞더라도 레인코트를 벗어 던질 수 있을 것 같고, 눈이 부시더라도 기꺼이 선글라스를 포기할 수 있을 것 같은, 이전에는 전혀 생각해 보지 않았던 가능성으로의 열망.

원하고 바라는 대로 흘러가는 인생이기나 하던가. 하여 하고자 하는 것과 되어 가는 것 사이에서의 조율도 필요한 삶. 물론 그 조율 또한 하고자 하는 것과 되어 가는 것 사이의 성질이겠지만, 그 모습이 레인코트와 선글라스를 모두 착용하고 있는 철저한 어정쩡함은 아닐 터. 순간은 순간대로 충실하고, 우연은 우연대로 열어 둘 필요도….

조금 전까지만 해도 화창했던 하늘이 갑작스레 비를 내린다. 비를 피해 들어간 어딘가에서 마주친 누군가에게 첫눈에 반한 순간, 이제 선글라스는 들키고 싶지 않은 눈빛을 가리기 위해 필요한 것이다. 미리 우산이라도 지니고 있었다면 그런 마주침이 가능했을까? 그렇듯 때로 되어 가는 와중에, 준비되어 있는 않은 채로, 하고자 하는 것을 발견하기도 한다는….

억울한 손오공

악은 때로 보다 더 고결한 선을 가장해 다가온다. 손오공은 요괴의 정체를 단번에 간파하는 반면, 삼장의 법력은 그 너머를 보지 못한다. 너무 순진무구한 시선에도 그 악이 잘 보이지 않는 법이다. 부단히 그것과 직접 몸을 맞대고 싸워 온 시선으로 만류를 해봐야 손오공만 욕을 먹는다. 너는 그를 왜 그렇게 미워하냐며…. 대개 이런 경우, 평소 손오공과의 의리 이면에 약간의 질투심도 지니고 있던 저팔계와 사오정이 삼장의 편을 들면서 비극을 키우거든.

그러나 손오공이 손오공인 이유는, 그 무너지는 가슴을 부여잡고 멀리로 밀려나 있어도, 끝까지 그의 뒤에서 그를 지키고 있었기에…. 사랑한다면, 손오공이 삼장을 지켜 내듯, 그 사람을 지켜 줄 것. 그 모든 것을 감내하면서 진실의 늦은 도래를 기다릴 수 있는 건, 끝내 너의 심장밖에 없을 테니.

진짜 같은 가짜

포도맛 사탕은 포도보다도 더 포도맛 같고, 딸기맛 아이스크림은 딸기보다 더 딸기맛이 나며, 바나나맛 우유는 바나나보다도 더 바나나맛처럼 느껴진다. 실상 우리의 머릿속에 자리 잡고 있는 과일맛이란, 과일 고유의 것보다는 이런 합성착향료의 심상이 더 크다. 특유의 영양은 배제된, 오로지 맛과 향만을 흉내 낸 가짜이지만 또한 오롯한 달콤함인지라, 그 인위에 보다 탐닉하는 입맛들도 있다.

가짜와 거짓에 속는 이유, 그것들은 당신이 끌릴 만한 달콤함으로만 다가오거든. 포도와 딸기는 신맛도 지니고 있고, 바나나는 텁텁하기도 한 것이지. 반짝이는 모든 것이 보석은 아니다. 잘못 움켜쥔 유리조각에 손이 상할 수도 있다. 베인 손을 움켜쥐며 말할 것이다. 정말로 유리인 줄 몰랐다고…. 당신은 정말로 몰랐을 것이다. 하지만 잊었는가? 당신이 욕망하고 있던 반짝임이었다는 사실을….

믿었던 도끼에 찍힌 발등이 아파 울고 있는가? 도끼인 줄 알고서도 발등을 내준 당신도 이해받기는 힘들다. 도끼는 도끼로서의 '찍는' 저 자신의 기능에 충실했을 뿐이다. 그것이 도끼인 줄 몰랐다고 한들 당신의 무지도 이해받기는 힘들다. 그는 언제나 도끼였는데, 당신이 몰라봤을 뿐이다.

믿었던 사람에게 배신을 당했는가? 배신의 싹을 알아보지 못했던 당신의 믿음도 이해받을 수는 없는 노릇이다. 먼저 자신의 그 '믿음'이란 걸 한번 돌아보시길…. 정말로 사랑과 우정으로 그 사람을 대했던 것인지, 내 비위를 잘 맞춰 주는 그 교언(巧言)과 영색(令色)을 사랑과 우정으로 믿었던 것인지…. 악이 언제 악의 모습으로 다가오는 것 봤나? 모든 악은 선으로 점철되어 있다.

쉽게 돈 버는 방법을 알고 계십니까?

그런 비법을 알고 있으면 나 혼자 돈을 벌지, 굳이 그 정보를 남들과 공유하면서 파이를 나눌 리가 있겠는가? 유혹이 어슬렁거리는 곳에, 그보다 먼저 욕망이 자리하고 있다. 파리가 자주 꼬이걸랑, 파리를 원망하기 전에 자신이 똥이란 사실을 깨닫길….

성배에는 성수가 담질 것이고, 술잔에는 술이 담길 것이다. 담겨질 내용물에 대한 기대보다 먼저 자신이 어떤 잔인가를 깨닫는 성찰과 통찰이 필요하지 않을까?

왜 그런 사람들이 바람둥이라잖아. '설마 저 놈이?' 했던…. 바람둥이가 자신이 바람둥이라는 사실을 눈치챌 수 있을 여지를 주겠어?

살다 보면, 그를 신뢰한 것까진 아니더라도, 의외의 사람에게 예상치 못한 기만을 당할 때가 있지?

'설마 저 놈이?'

그 놈일 확률도 배제하진 말 것.

말과 귀

남의 말에 잘 흔들리는 사람들을 '팔랑귀'에 빗대거나 혹은 '귀가 얇다'라고 표현하지만, 실상 그들은 절대로 아무 말에나 흔들리지 않는다. 자신의 욕심과 부합하는 말에만 흔들릴 뿐이다. 기관 자체의 문제라기보단 지향성의 문제. '남의 말'들 중에 만류의 목소리인들 없었겠냐 말이다. 그냥 듣고 싶은 것만 듣고 있던 순간의 책임을 신체에 전가하는 것에 지나지 않다.

언중유골(言中有骨), 말 속의 뼈라는 것도 어지간한 지평인 사람들에게나 소용이라는 거. 성찰도 눈치도 없는 무지의 긍정은 대개, 자신에 관한 이야기라는 사실을 모르거나, 그 말 속의 뼈를 발라낸 후에 자기 듣고 싶은 말만 듣는다는 거.

"아직 한 발 남았다."

영화 「아저씨」의 결말 장면이 물리적으로 말이 되는가에 대한 논의는 차치하고서라도, 내 인생의 명장면으로 간직하고 있는 이유는 물론 원빈으로의 연출이기 때문이다. 더불어 '한 방'의 존재의미 때문이기도…. 방탄유리의 한 지점에 쏟아부은 탄환, 비로소 허물어진 경계 안으로 작렬하는 한 방이면 된다.

우리 인생엔 왜 이리도 한 방이 없는 것일까? 그러나 생각해 보면 반동을 이겨 내며 쏟아부은 숱한 헛방이 있었기에, 마지막 이 한 번이 가능할 수도 있었을 터. 결코 허투루 쓰여진 탄환들이 아닐 것이다. 너를 가로막아선 경계를 무너뜨리기 위해, 부단히도 맨 땅에 머리를 찧으며 달려온 너의 인내와 용기를 증명하고 있는 이력이기도 하다.

부유하는 존재_Etching, Aquatint_10×10_2019

그러니까 포기하지 마! 아무리 쏴대도 소용없을 것 같지만, 어느 순간의 한 방이면 돼!

수천 년의 시간으로 떨어진 물방울이 돌에 구멍을 내듯, 계란으로 친 바위도 언젠가 부서지고야 말 것이다. 우리에겐 그럴 만큼의 계란과 시간이 부족할 뿐이다. 그래서 우리는 계란을 던지지 않는다. 하지만 계란을 얼려서 던질 정도의 강구는 해봐야 하지 않겠나? 한바탕 깨지고 돌아서는 것과 아무 일 없이 체념으로 돌아서는 것, 실패를 경험하는 것과 포기를 경험하는 것, 그 차이로부터 갈라지는 인생의 방향성도 조금은 다르지 않겠나?

얼린 계란을 던져 본들 바위가 깨질 리가 있나. 그런데 계속 던지다 보면 던지는 능력이라도 계발이 되겠지. 할 수 있는 모든 것을 다 한 후에 주저앉은 당신이라면, 그 멀지 않은 곳에 그다지 다르지 않은 방향성의 다른 길이 열려 있을 것이다. 되레 그 길이 당신의 운명인지도 모르고….

너와 나의 세계_Etching, Aquatint_10x10

내가 어쩌다 철학으로 글을 쓰게 됐냐고? 문단이 하도 내 소설을 안 받아 줘서, 뭐라도 써서 먹고살려다 보니, 어쩌다가…. 그렇듯 발생학적으로, 열나게 깨지면서 조금씩 열리기도 한다는….

영화 「캐스트 어웨이」에서, 톰 행크스는 자신과 함께 무인도로 떠밀려 온 밧줄을 이용해 절벽에서 목을 매고 죽을 작정이었다. 하지만 삶의 본능이 더 강했던지 실행으로 옮기지는 못한다.

배구공 '윌슨'과 친구가 되어 그럭저럭 무인도 생활에 익숙해져 가던 중, 섬으로 떠밀려 온 알루미늄 판자를 발견하고, 그것을 돛대 삼은 뗏목을 만들어 1500여 일의 외로움으로부터 빠져 나오게 된다.

뗏목을 만드는 과정에서 나무들을 튼튼히 결박할 끈이 부족했다. 그 순간 머릿속에 스친 건, 예전에 자살을 시도하려고 절벽에 묶어 두었던 밧줄이었다. 죽음을 포기했던 순간이 되레 뗏목을 결박시켜 주는 마지막 9미터를 채워 준다.

죽으란 법은 없어서, 살다 보면 뭔가가 하나둘씩 나의 해안으로 떠밀려 온다. 또한 그것을 어찌 사용하고 활용할 것인지에 따라 생사가 갈리기도 한다. 죽을 작정이라면, 살 방도를 다하고 지쳐 죽는 방법도 괜찮지 않겠나? 그래서 일단은 사력을 다해 살아 보는 거다. 안 되는 모든 경우의 수는 다 겪고 가는 듯한, 이 망할 놈의 인생. 이 끝에 무엇이 기다리고 있길래 그토록 힘들게 몰아붙였던 것인지, 그걸 확인하기 위해서라도 한번 끝까지 가보는 거다.

"도 아니면 모!"

어떤 극단의 상황도 감내하겠다는 의미이지만, 실상 이 말을 내뱉는 경우는 이미 현재 상황이 '도'라는 판단 하에서이다. 결국 간절히 '모'를 바라는 주문일 뿐, '도 아니면'은 그저 발어사 내지는 기합에 가깝다.

그 과감과 무모도 괜찮다. 어차피 도인 마당에, 뭐라도 해봐야지.

시련 속에 놓여 있던 것

에스키모의 지혜 이글루. 차가운 얼음으로 추위를 막아 낸다. 시련을 이겨 내는 방법은 오히려 시련 속에 자리 잡고 있을 때가 있다. 다시금 시련 속을 둘러보는 여유를 가지시길, 길을 잃은 치르치르와 미치르들이여! 이미 해답을 지닌 채로 고민이 시작되었는지 모른다.

맑은 날씨가 계속 이어진다는 건, 어디선가는 태풍이 만들어지고 있다는 뜻이기도 하다. 그러나 태풍이 모든 것을

부수고만 가는 건 아니다. 바다의 윗물과 아랫물을 갈아 주어 바닷속의 용존산소량을 늘린단다. 태풍으로 인해 어획량이 늘어나는 것이다. 태풍은 어민들에게는 고통이지만, 적량의 태풍이 찾아오지 않는 여름도 고민이다.

학창시절 지구과학 시간에 배운 조산운동. 횡압력을 이겨 내지 못한 지각이 밀려 올라가 높은 산이 되고, 그 사이로 깊은 계곡이 생겨난다. 세상이 건네는 압력을 모두 이겨내지 못해도 괜찮다. 그 압력만큼으로 이미 높아지고 깊어졌을 테니. 물론 그 조건만 가지고 되는 세상도 아니지만서도, 없는 것보다야 나을 테니.

곤죽산_Etching, Aquatint_10×70_2019

겨울과 지옥

그리스 신화에 따르면 겨울은, 대지의 신 데메테르와, 하데스가 납치해 간 그녀의 딸 페르세포네의 정기적인 이별로 인해 생겨난 죽음의 계절이다. 그런데 겨울은 땅이 지력(地力)을 회복하는 휴식의 시간이기도 하다. 겨울이 존재하기에 만물이 소생하는 봄을 기대해 볼 수도 있는 것. 죽음의 계절은 곧 잉태의 계절이기도 하다. 따뜻한 봄날에 움트고 돋아날 것들을 위해 겪어 내야 하는 춥고 시린 날들, 하데스의 착취가 되레 선물이었다는 역설. 그렇듯 현재를 앗아감은 미래를 주려함이다.

『일리아드』와 『오디세이아』에서는 주인공들이 자신의 내일을 묻기 위해 지옥으로 내려가는 장면이 있다. 이 지옥에는 천기를 누설했다는 죄명으로 감금당한 예언자들이 있었다. 삶의 해법을 찾기 위해 죽음의 공간으로 들어서야 했던 이 서사는 무엇을 상징하는 것일까? 지옥으로의 여정 같은, 시련의 와중에 지혜를 습득하게 된다는 상징은 아닐까?

넘어진 김에 쉬라지 않던가. 그러나 또 쉬는 김에 왜 넘어졌는지에 대한 반성과 앞으로는 넘어지지 않을 수 있을 각성도 필요하겠지. 그런 반성과 각성에도 다시 넘어질지 모를 일. 시련의 와중에 그조차도 없으면, 이 시련은 정말이지 순도 높은 절망일 뿐이다.

동전 던지기

합리적인 판단이 곤란할 경우, 때로 동전을 던져 본다. 나오는 면에 따라 나의 선택이 결정되는 비합리이지만, 재미있는 사실은 막상 동전의 어떤 면이 나온다 해도 여전히 결정을 미루게 된다는 점. 이럴 걸 동전은 뭣 하러 던진 것일까?

논리와 산술로 그 결과를 예측할 수 있다면야 얼마나 좋겠나? 결과는 늘 원인에게 아쉬움을 따져 묻기 마련이다. 이랬으면 어땠을까? 저랬으면 더 잘 되지 않았을까? 어차피 다른 선택을 했어도 무엇이 기다리고 있었는지는 알 수 없고, 하등 영향을 미치지 못하는 조건이었는지도 모르고….

산을 아직 오르지 않은 자는 산을 올려다본다. 산을 오르고 있는 자는 산을 둘러본다. 산 정상에 오른 자는 산 아래의 세상을 내려다본다. 산에서 내려온 자는 산을 뒤돌아보며 산에서의 모든 것들을 회상한다.

조금이라도 더 산을 아는 자는 산에 있는 자가 아니라 하산한 자다. 오히려 아직 오르지 않은 자와 같은 위치에 있다. 때문에 아직 산에 있는 자는 그를 낮게 보고, 아직 올라 보지 않은 자들은 같게 본다.

신이 된 남자

고대 그리스의 철학자 엠페도클레스는, 자신이 '신'임을 증명하기 위해 화산 분화구에 몸을 던졌다고 한다. 신이 되었다기보다는 산이 되었다고 하는 것이 더 맞는 표현이 아닐까? 『코스모스』의 저자인 칼 세이건은, 과학자이기도 했던 그가 지질을 연구하고자 화산에 올랐다가 실족사한 것으로 추증하면서도, 대중들은 의사이기도 했던 그를 신으로 추앙했고, 그래서 스스로도 신이라고 믿었을 것이라는 사실에는 어느 정도 동의한다. 사고였는지, 자살이었는지는, 엠페도클레스 자신만이 알고 있겠지만, 과도한 자기 신뢰는 곧잘 망상으로 이어진다는 거.

산과 관련한 명언을 모아 놓은 한 챕터 제목을 '신'으로 잘못 읽은 기억이 있다. 재미있는 건, 문장 속의 산을 신으로 대체해도 말이 된다는 사실. 그래서 그 주제가 신이 아닌 산이었음을 모른 채 계속 읽어 내려갈 수도 있었던 것.

산대로_Etching, Aquatint_10x10_2019

인간이 산에 오르게 된 이유는, 하늘에 가까워지고 싶어서이지 않았을까? 신을 만나고 싶었던 것이다. 하지만 정상에 올라서도 신은 보이지 않았다. 보이는 것이라곤 발아래로 펼쳐져 있는 경이로운 광경, 그 부감으로부터 유리구슬 속의 세상을 굽어 살피는 신의 시선을 유추하진 않았을까?

자신이 남들보다 높은 식견을 지녔다는 믿음에 힘입어,

전지적 시점으로 전능의 '말씀'을 행하는 이들이 있지 않던가. 자신은 절대 틀릴 리가 없다는 믿음으로, 기어이 활활 타오르는 확신의 열정 속으로 몸을 던지는 엠페도클레스들. 그들이 욕망하는 이데아는 신이 되는 것이다. 하여 사람들은 그들을 일컬어, 이런 등신! 저런 빙신!

학창시절 지구과학 시간에 배웠던 지식. 스스로 빛을 발하는 천체를 '별'이라고 일컫는다. 그러므로 태양계에서는, 별과 구분해 해라고 부르는 것만이 별이다. 우리가 별이라고 부르는 것들 중에는 실상 별빛을 반사하는 반짝임도 섞여 있다.

별은 혼자 빛나지 않는다. 별이 아닌 것들도 빛날 수 있게 한다. '빛난다' 표현하지만, 정작 저 자신은 타고 있고 끓고 있음이다. 그러면서도 그 빛을 나누는 일에 인색하지 않다. '스타'란 사람들도 그런 조건 안에서 오래 빛날 수 있지 않던가. 때로 세상의 섭리가 오묘해서, 자신밖에 모르는 사람은 온전한 자신도 되지 못한다.

반면 저 별이 있어야 내가 빛날 수 있는 행성들도 있고, 별의 존재를 숨긴 채 보다 큰 별인 척하는 위성들도 있고….

언저리 뉴스

"매일 마시는 소주 한 잔이 심장질환에 도움이 된다는 연구 결과가 있었습니다. 평소 심장질환을 앓고 있던 서울 서초동에 사는 서 모씨는 3년간 매일 같이 소주 한 잔을 복용한 결과, 심장의 건강을 되찾았고 지금은 알콜중독이라고 합니다."

작년에 폐지된 「개그콘서트」의 흘러간 옛 코너 '언저리 뉴스', 그중에서 재미있게 들었던 어느 회차의 어느 대목을 여전히 기억하고 있다. 이를테면 연초를 끊기 위해 씹어 대는 금연껌은 도대체 뭘로 끊어야 하는 것인가의 질문. 마르쿠제의 어록을 빌리자면, '해방은 더 탁월한 지배로 계속되기 마련', 때론 그 방편에 중독이 되기도 한다.

이것만큼은 내게서 앗아 갈 수 없다는 듯 지키려 드는 집착도, 자세히 들여다보면 실상 대리물에 대한 강박인 경

들판에서_Etching, Aquatint_30X90

우들이다. 실제로 그것을 원하고 바라는 것이 아니다. 원하고 바라는 것들에 대한 좌절이 다른 대상에 옮아간, 그리고 언젠가부터는 그 원인은 잊혀지고 집착만이 이어지는 증상.

정신분석의 치료법은 에둘러 가지만 결국엔 정면 승부인 방법론이다. 한 번쯤은 잊혀진 질문을 다시 던지며 그 아픔과 슬픔을 대면하는 것, 그리고 그것들이 건네는 이야기에 귀를 기울이는 것. 그 상처가 나를 괴롭히고자 했던 것이 아니라, 나의 이야기를 들어 달라는 간절함으로 찾아든 숱한 날들이었을 테니.

어찌 보면 '장화홍련'의 모티브. 살다 보면 한 명쯤은 멘탈 강한 고을 원님이 당신 곁으로 다가오리니, 그 상처를 드러내는 것으로 들어내는 기회를 가져 보시길.

파레르곤(parergon)

철학자 자크 데리다의 질문 하나. 액자는 그림에 속하는 것인가? 벽에 속하는 것인가? 벽도 아니고 그림도 아니지만, 그림을 위한 것이다. 그 액자에 넣은 그림은 벽을 위한 것이다. 결국 '벽에 걸린 그림'은 벽과 그림이 아닌 것의 효과다. 파레르곤(parergon) 개념은 이렇듯 텍스트의 바깥이면서도 부단히 안으로 영향을 미치는 주변부라는 의미다.

데리다는 안으로 영향력을 행사하는 바깥의 담론들을 지적하고 있는 경우. 그러나 달리 해석해 본다면, 바깥이 지닌 기능에 관한 이야기이기도 하다. 꽃을 담는 꽃병은 꽃의 미학에 속하는 걸까? 아니면 테이블의 미학에 속하는 것일까? 꽃에 속하지는 않지만, 때때로 꽃의 미학을 완성하는 건 꽃병까지다. 때때로 꽃의 아름다움은 꽃이 아닌 것에 의한 효과다.

시험을 준비하다 보면 절대로 틀려서는 안 되는 지식들이 있다. 아이러니는 중요한 범주이기에 되레 변별도가 되지 못한다는 사실, 너무 중요해서 그건 남들도 다 맞추는 문제이기 때문에…. 모두가 열심히 하는 것들은 변별의 기준이 되지 못한다. 기본적으로 갖추어야 할 자격일 뿐, 관건은 남들이 하지 않은 무엇을 했느냐의 '차이'이다.

명작은 디테일이 다르다고 했던가? 중심부는 누구나가 다 심혈을 기울이기 때문에 우열을 결정하는 관건이 되지 못한다. 다 같이 열심히 하는 상황에선, 누가 더 언저리에 신경을 썼느냐, 저들이 하지 않은 무엇을 했느냐가 관건이 된다. 그렇듯 '차이'를 발생시키는 관건들은 중심부에 위치하지 않는다. 살다가 마주치게 되는 행운과 불운도, 그렇게까지 세심한 주의를 기울이지는 않았던 주변부에서 일어난, 성실과 불성실로부터 갈라져 나오는 차이일 때가 있지 않던가.

내가 지닌 문제는 때로 스스로 되짚어 보는 것들의 바깥에 놓여 있다. 실상 문제는 그것이 아니다. 아니 어쩌면 그것을 포함한, 그것만이 아닌지도…. 그 문제를 자각하지 못한다는, 그것이 문제가 되고 있다는 사실을 지각하지 못하는 감각 자체가 문제인지도 모르겠고….

활의 목적은 '쏨'보다는 '맞춤'에 있다. 정확히 말하자면 궁도(弓道)의 목적은 쏘는 법을 배우는 것이 아니라 맞추는 법을 배우는 것. 그래서 쏘는 자세부터 배우는 것이다. 명중률이 낮거든 수정을 가해야 할 곳은 과녁이 아니라 손에 쥐고 있는 활이다.

잘 맞추기 위해선, 결국 쏘기 이전 단계의 것들에 대한 고민이 선행되어야 한다. 삶을 대하는 그 태도부터가 이미 콘텐츠다.

비가 그친 후 하늘에 펼쳐지는 무지개를 바라보며, 이솝은 천사가 타고 내려오는 다리를 묘사할 것이며, 헤세라면 시련이 지나간 후 다가오는 행복에 관한 글을 적어 내릴 것이나, 뉴턴에게는 서로 다른 파장의 빛들이 공기 중의 물방울에 굴절되어 생기는 자연현상이다.

이브에게 사과는 유혹이었지만, 뉴턴에게는 발견이었고, 빌헬름 텔에게는 믿음이었다. 사물과 사람과 사건을 대하는 관점은 사람마다 다르다는, 이 놈도 저 놈도 해대는 다소 진부한 말이면서도 또한 이 놈도 저 놈도 잘 실천하지 못하는 말. 그것을 그렇게 인식할 수밖에 없도록 살아온 시간성의 조건이 다른 것. 그 시간성의 차이를 이해해 본다는 것이 쉬운 일이 아닐 테지만, 몰이해의 근거가 될 수는 없다. 사람마다 지니고 있는 삶의 방정식은 다를 테니. 미지수의 자리에 내가 권고하는 값을 넣어 봐도, 내가 예상했던

바라보다_Etching, Aquatint_34×43.5_2016

결과는 아닐 테니. 그것이 유혹인지, 발견인지, 믿음인지도 그 사람에게 맡길 수밖에 없는 것.

5. 그와 그녀에 관한 우화

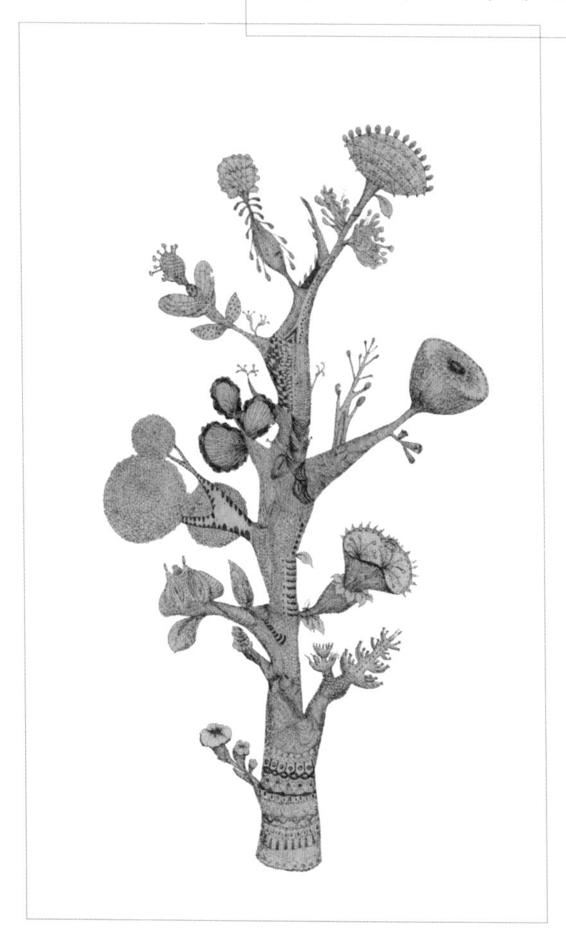

나는 낭만고양이

가끔씩 들르는 동네 카페에서 더러 보게 되던 풍경. 카페에서 기르는 고양이와 길냥이가 창문 너머의 서로를 물끄러미 바라보고 있는 순간. 뭔가 재미있는 구도 아닌가? 둘의 차이는 뭘까? 인간이 쏟는 애정의 정도? 인간에로의 소속 유무? 길냥이는 문명인 걸까? 야생인 걸까? 어제와 다름없이 오늘도 문명의 뒷골목에서 분주한 낭만고양이들은, 카페 안의 고양이가 살아가는 안락함을 부러워할까? 아니면 안에 갇힌 삶이라고 여길까?

소유와 소속에 길들여지는 시간이 행복하기야 할까. 그러나 내 잃어버린 낭만을 찾겠노라 그 울타리 바깥으로 뛰쳐나온 이후가, 자유로운 시간인 것만도 아니었다. 더군다나 안과 밖의 경계가 무의미할 정도로, 결국엔 같은 자본의 문명을 딛고 있다는 거. 출근에 대한 부담은 없지만 도저히 일로부터 퇴근을 할 수가 없는 이 지랄 맞은 일상.

양식으로 키운 물고기는 먹이를 제때 먹을 수 있기 때문에, 비육 상태도 좋고 영양가도 자연산에 비해 높다고 한다. 몸에는 상처가 별로 없기 때문에 외관상의 상품성 역시 자연산보다 낫다. 공급량에 따른 가격 차를 배제하고 단일 개체로만 비교한다면, 자연산은 그저 육질 하나의 프리미엄이다. 하지만 그것이 자연과 양식의 가치를 가르는 가장 큰 차이가 된다.

항상 먹이를 찾아 바다 이곳저곳을 돌아다니는 허기진 마음, 천적을 피해 바다 이리저리 도망다니다 몸에 새겨진 생채기들. 하지만 정작 자신들은 모를 것이다. 그 피곤한 삶이 자신의 가치를 높이고 있었다는 사실을…. 당신 역시 지금은 알 수 없을 것이다. 이 피곤한 시절이 당신의 가치를 높이고 있다는 사실을….

어쩌면, 안정된 가두리 안에서 살아가고 싶은 소망과는

각자의 존재_Etching, Aquatint_10×10_2019

다르게 바다로 밀려 나온 지금을 고민하고 있는 것인지도 모른다. 가두리 안에 들지 못했다면, 던져 주는 사료보다는 차라리 던져진 바다를 욕망해 보시길.

이기적인 배려

길냥이 한 마리가 쓰레기봉투를 뒤지는 모습이 안쓰러워서 빵 한 조각을 던져 주었는데, 먹지 않는다. 내 눈치를 보는 것 같아서 자리를 피해 줬다. 몇 시간 뒤, 헬스장을 다녀와서 발견한 빵 한 조각. 이 새끼, 끝내 안 먹었다. 배려 뒤에 숨어 있던 이 옹졸함, 고양이에게 느껴 버린 이 애매한 서운함. 뭐? '고양이의 보은'이라도 기대했단 말인가?

'니가 아직 배가 덜 고프구나?'

'그 놈의 고양이 입도 고급이야!'

내 편한 대로 베풀어 놓고, 내가 기대하는 피드백으로 돌아오지 않은 상황에 서운함을 느껴 버리는 그 배려라는 것. 그 잘난 빵 한 조각 던져 주고서, 그거 안 먹었다고 고양이를 타박하는 나는 또 뭐라니? 하긴 쓰레기봉투에서는 누군가 먹다 남긴 치킨 조각을 발견했을 지도 모를 일. 음식물 쓰레기일망정 그것은 고기요, 내가 던져 준 것은 그냥

위태로운 안정감_Etching, Aquatint_10x10

밀가루 덩어리였을 테니.

누군가에게 행한 배려라는 게, 실상 내 만족을 위한 것은 아니었을까?

우리가 하는 사랑이란 게 때론 그렇기도 하지 않던가. 내가 좋아하는 걸 상대도 좋아하길 기대한다. 그리고 상대가 별로 내키지 않아 하면 서운하고, 더한 경우엔 이 좋은 걸 너는 왜 좋아하지 않는가를 따져 묻기도 하고…. 두루미인들 여우를 엿 먹일 작정으로 그랬겠는가? 다 자기 입장에서 사랑하고 살아가고 그런 것이지. 그래도 한 번쯤은 고민해 볼 것.

성게와 복어

성게를 먹을 생각은 누가 처음 했을까? 호기심이었을까? 아니면 굶어 죽을 바에는 저거라도 먹자는 막장의 희망이었을까? 가장 용기 있는 자가 먹었을까? 아니면 가장 힘없는 자의 임상을 거친 결과였을까?

복어가 식용이 되기까지는 얼마나 많은 사람들이 죽었을까? 그런 것 보면 포기하지 않고 끝내 먹고야 만 인류도 참 대단한 거.

사마귀의 기도

내가 무서워하는 것 중에 하나가 곤충 사마귀다. 강원도의 풀벌레 소리를 듣고 자랐음에도, 이 녀석의 잘 빠진 바디라인만큼은 익숙해지지가 않는다. praying mantis, 사냥을 위해 항상 모으고 있는 앞다리의 자태가 '다소곳'과는 다소 거리가 멂에도 '기도하는'이라는 성스러운 이름이 붙었다. 그들의 기도는 기복(祈福)이 아닌 생존을 위함이다. 하지만 그만큼 절실하기에 기도는 대부분 이루어진다. 기도에 이은 시도로 스스로 쟁취한다.

Gonna Fly Now

생계를 위해 포르노 영화의 출연도 마다하지 않았던 무명배우, 서른두 번째 시나리오를 영화사로부터 거절당한 나이 서른의 무명작가. 그에게 찾아온 결정적 순간은 무하마드 알리를 다운시킨 무명 복서의 한 방이었다. 그 한순간을 영화의 분량으로 각색한 시나리오가 비로소 영화사를 움직였고, 자신이 주연을 맡는 조건으로 계약이 성사된다.

누군가에겐 인생 영화로 남아 있을 「록키」는, 실베스터 스탤론에겐 인생 그 자체였다. 영화 속에서 무명복서가 겪고 있던 가난은, 실베스터 스탤론이 살아가던 일상 그대로를 담은 현실이기도 했다. 영화사에 길이 남을 명작임에 틀림없지만, ost였던 「Gonna Fly Now」가 더 명작으로 남은 것 같다. 정육점 창고에서 고기덩어리를 샌드백 삼아 정권을 단련하던, 무명복서를 연기한 무명배우의 열정을 응원하던 음악. '이제 날으련다!'

절벽 앞으로의 한 걸음, 그 허공을 밟은 어린 새의 첫 비행은 날기 위함이라기보단 살기 위함이다. 생존을 위한 그 발버둥, 아니 날개버둥이 비행이 되는 순간, 그때서야 깨달을 수 있을 것이다. 자신이 지니고 있던 것은 쓸데없이 길고 넓은 앞다리가 아닌 날개였음을. 언제고 그런 깨달음으로 자신의 날개를 돌아보는 날이 다가올 것이다. 절망 속에서의 처참하고도 처절한 몸짓, 사력을 다한 그 우스꽝스러움이 실상 서툰 날개짓이었음을.

닭이 날지 못하는 이유

날지 못하는 새들에게 비행능력보다 먼저 사라진 것은 천적이란다. 그렇다면 이 진화는 퇴보일까? 진보일까? 어쨌거나 그들에게도 엔트로피의 방향성은 지상이었다는 이야기. 지상에서 아무 불편 없이 살아갈 수 있었다면 새들은 굳이 하늘을 택하지 않았을 것이다.

오롯이 창공에 대한 욕망의 결과로 날개를 얻게 된 것은 아니다. 온갖 시적 언어들로 찬양되어지는 열린 공간으로의 자유는, 굳이 날아야 했던 생존과의 상관이기도 하다. 어떤 개체들은 피곤한 삶에 내몰린 끝에, 더 이상 물러설 곳이 없는 지상의 끝에서 날아오를 수밖에 없었다. 극강의 피로도로 몰아붙이는 삶은, 다른 능력을 계발시켜 주기도 한다. 피곤해진 김에 그냥 날자!

매사냥꾼은 애정으로써 야생의 매를 길들이며 그들의 신임을 얻을 때까지 기다린다. 실상 사냥꾼 자신도 매에게 길들여지는 시간, 그 기다림 끝에서 매는 사냥꾼을 위해 사냥하기 시작한다.

운명을 피할 수 없다면 운명을 길들이는 방법을 택할 수밖에…. 운명의 야생성을 길들이는 시간은 무척이나 길 것이다. 일만 시간일 수도, 아니 그보다 더 긴 시간일 수도 있다. 우리는 청춘의 시간을 제대로 써보지도 못하고 그 와중에 잃어 갈지 모를 일이다. 그러나 감당해 낸 자의 기다림 끝에서 운명이 저 스스로 삶을 개척할 것이라는, 그런 믿음이라도 가지고서 견뎌내 보는 수밖에….

더운 여름날, 파리 한 마리

그런 파리 종류가 따로 있는 것인지, 유난히 날개짓이 시끄러운 녀석 한 마리가, 온 종일 내 귓가에 앵앵대고 있었다. 이 놈이 생각을 하고 있다는 생각이 들 정도로, 내 머리 위에서만 놀고 있다. 속도가 어찌나 빠른지 잘 보이지도 않는다. 또 체력은 얼마나 좋은지 어디에 앉는 법이 없다.

몇 번의 시도 끝에 결국 잡기를 포기하고, 그냥 그 앵앵댐에 관용을 베풀고 있었는데, 문득 선풍기 프로펠러에서 들려온 가벼운 충돌음. 어라! 그 파리 새끼가 약풍 버튼 위로 떨어져 기절해 있다. 이런 븅신! 이거 열라 어이없는 새끼네.

'이렇게 가면 안 돼! 너는 내 손에 죽어야 한다 말이야!'

이 대사를 떠올리고 있는 나는 또 뭐라니? 바람의 날개짓에 소음의 날개짓이 멈추었다. 그래도 살겠다고 바둥거리는 녀석의 마지막 날개짓은, 변기물의 소리에 눌려 다시 내게 올 수 없는 아주 먼 곳으로….

때론 나를 괴롭히던 고민이 그토록 어이없게 해결되기도 한다. 생각지도 못한 방식으로, 그러나 그전부터 내 곁에서 나를 도와주고 있던 손길에….

다람쥐의 겨울

다람쥐는 겨울잠을 자는 다른 동물들과는 달리 몸에 지방을 축적해 놓지 않는단다. 그래서 가끔씩 깨어나 먹이를 먹기 위해, 자신들이 자주 드나드는 동선의 여기저기에 미리 도토리를 묻어 두는 것이라고…. 그런데 묻어 놓은 것들 중 태반을 찾지 못한단다. 다람쥐가 잃어버린 그 도토리들은, 뿌리를 내리고 싹을 틔우며 숲의 도토리나무로 자라난다. 다람쥐들이 잃어버린 수많은 도토리들이 도리어 다람쥐를 존재할 수 있게 하는 도토리로 순환하는 것.

나만의 슬픔으로 묻혀 버린 이야기, 통째로 드러내진 삶의 시간들, 실패의 사연들이 언제 어디서 싹을 틔울 씨앗으로 심어져 있는지도 모르는 일. 내가 잃어버린 것들이 지금껏 나를 존재하게 한 이유였다는 사실을 깨닫게 될 어느 날이 다가올지도….

개구리와 잠자리

잠자리는 연못 속을 전전하는 애벌레 시절엔 올챙이를 잡아먹는다. 날개를 가진 성충으로 자라나서는 개구리에게 잡아먹힌다.

씹히는 중에 잠자리가 말했다.

"너의 친구들에겐 정말 미안했다. 그때는 어쩔 수 없었다. 나도 먹고살아야 했기에…."

씹는 중에 개구리가 대답했다.

"나도 미안하다. 하지만 나도 지금 먹고살아야 하기에…."

강자가 항상 강자의 위치에 있는 것은 아니고, 약자가 늘 약한 것도 아니다. 권세가 영원한 것도 아니고, 굴욕이

그대로_Etching, Aquatint_10×10_2019

영원한 것도 아니다. 어떤 입장이건 간에, 이 또한 지나갈 것이다. 칼자루를 쥐고 있을 때, 그 칼을 어떻게 쓸지 고민해야 한다. 위협의 도구로 사용할 것인지, 포박된 끈을 끊어 줄 것인지….

문어숙회

어린 시절에, 아버지는 바닷가 도시로 출장을 다녀오시는 날이면 매번 아이스박스에 문어를 담아 오셨다. 돌아보면 아버지는 문어숙회 한 접시에 행복한 가족의 저녁을 기대하셨던 것 같다. 그러나 자녀들의 반응은 시큰둥, 어린 시절에야 그런 게 맛있을 리가 있나?

대학을 졸업 할 즈음에 이자카야가 많이 생겨나기 시작했다. 그리고 2~3명이 단촐하게 모일 땐 가끔씩 문어숙회를 시키곤 했다. 그제서야 문어 맛있는 줄 알게 되었다. 내 나이 서른 즈음에….

그렇듯 아버지와는 늘 타이밍이 맞지 않았다. 어쩌면 나를 비껴갔던 모든 것들이 문어숙회와 같은 경우가 아니었을까? 그 이해를 공유할 수 있는 시간은 너무 늦게 도래했고, 그땐 그 이해를 공유할 수 있는 사람이 없었고….

초속 5cm

『그로부터 20년 후』 첫 페이지에, 강백호의 일본 이름 사쿠라기 하나미치(櫻木花道)를 끌어와 서두에 배치한, 아직은 설익은 조도와 가녀린 바람 속에 흩날리는 「초속 5cm」에 관한 이야기. 이 도입부를 감안해 벚꽃 필 무렵에 출간을 계획했었는데, 또 계획대로 흘러가지만은 않는 인생, 벚꽃이 지고서 한참 후에나 출간이 됐었다.

초속 5cm, 내 인생의 속도 같기도 하다. 나는 언제나 늦었었다. 학창 시절에는 쿠폰을 모으는 듯, 마일리지를 적립하는 듯 늘상 지각을 해대더니만, 조금이나마 성실한 어른이 된 이후에도 제때에 닿는 법이 거의 없었다. 때론 그 사람에게 기다려 달란 말을 할 수 없었고, 때론 그 사람에게 남아 있는 시간이 많지 않았었고…. 하여 내겐 느림에 관한 찬양 같은 거 전혀 없다. 소신도 남을 곤란하게 하지 않는 한에서나 소신이지. 나 때문에 지쳐 가던 사람, 나 때문에 속상해하던 사람 앞에서, 느림에 대한 그 어떤 변호와 해석도 그저 내 맘 편하자고 읊어 대던 공염불에 지나지 않았다.

이미 늦은 김에, 이왕 느린 김에, 그도 내가 살아온 시간들이니 부정할 수 없어 끌어안는 것일 뿐이다. 실상 나도 매 순간 빠르고 싶었고, 빨리 닿기를 소망했다. 그토록 빠르고 싶었는데, 이토록 늦어 버린 경우라, 이제와 느림에 대한 어떤 레토릭을 늘어놓기엔 내 진심도 아니거니와 그러고 싶지도 않다. 정작 나는 언제나 심장이 터지도록, 숨이 가빠 오도록 달리고 있었던 초속 5cm였기에….

달팽이

느려도 늦지 않다는, 그런 듣기 좋은 말은 사절한다. 느림의 철학 따위엔 공감하지도 못할뿐더러, 내게서 흐르는 시간에 대한 진리화도 주제 넘는다. 언제나 빠르고 싶었는데, 언제나 느리고 늦고 말았던 달팽이 한 마리, 그냥 그게 나였을 뿐이라는 사실 이외에는 아무것도 없다. 걸음마다 남는 끈적한 흔적으로, 채 어제를 벗어나지 못한 시간으로 오늘을 잇대고 있는, 그처럼, 그녀처럼, 그들처럼, 나도 그렇게 느릿느릿 달려가는 중이다.

아직 ‘여기’
고작 ‘여기’
겨우 ‘여기’를
언제나 느릿느릿

그런데 그거 알아?

난 언제나

심장이 터지도록

숨이 가빠 오도록

달리고 있었다는 사실을

더 늦지 않으려

덜 느리고자 했던

'여기'에서마다의 최선이었다는 사실을

그대, 꽃으로 피어 있으라!

싹으로 이름이 붙여진 식물도 있고, 꽃으로 이름이 붙여진 식물도 있고, 열매로 이름이 붙여진 식물도 있듯, 자신으로 대변되는 시절이 따로 있다. 열나게 꽃으로 피었어도, 피어 있다는 사실을 그 누구도 몰랐을 만큼 별로 아름답지 않았던 시절. 나를 보아주지 않는 세상의 미학이 서운한들 또 뭐 어쩌겠나, 내 정체성이 열매일 거라는 믿음으로 다시 한 번 또 열나게 맺어야지.

피어 있다고 다 꽃인 것도 아니다. 꽃이 피었어도 꽃으로 불려 지지 않는, '그 이름을 불러주기 전에는 하나의 몸짓에 지나지 않았'듯, 그도 내가 꽃임을 알아주고 꽃일 수 있게 해주는 인연에 닿아야 가능한 일. 또한 먼저 질기게 피어 있어야 인연과도 마주칠 수 있는 일일 터, 그러니 그대 언제나 열나게 피어 있으라. 저무는 계절 끝에서라도 그 꽃을 찾아내는 이가 있을지 모르니.

어른을 위한 동화 『꽃들에게 희망을』에서는, 서로를 밟아 가며 하늘을 향해 오르려 하는 애벌레들이 거대한 탑을 이루는 장면이 나온다. 탑의 꼭대기엔 아무것도 없었지만, 애벌레들이 등반을 멈추지 않는 이유는 그저 다른 애벌레들이 오르고 있기 때문이었다.

때로 우리의 삶도 그렇지 않은가. 왜 오르려는지의 이유가 내게 있는 것이 아니다. 남들이 오르니 나 역시 무작정 오르고 있는 것이다. 그 위에 무엇이 있는지도 모른 채, '남들처럼' 혹은 '남들보다'라는 공동의 목적을 향해서 오늘도 우리는 오르고 있다. 행복의 정의는 더 이상 자신이 행복하다고 믿는 상태가 아니다. 남들에게 자신의 상황을 행복으로 믿게 만드는 것이다.

꽃과 불꽃

어린 애벌레 둘이서 사랑을 했다. 함께하는 항상이 행복이었던 날들, 그 시간이 영원할 줄로만 알았는데, 어느 날 어린 벌레로서의 마지막 순간과 함께 찾아온 이별. 조금 더 어른이 된 후에 다시 사랑할 것을 약속하며 각자가 만든 어둠 속으로 들어갔다. 하지만 그들이 다시 세상으로 나오던 날, 더 이상은 서로를 사랑할 수 없음을 깨달아야 했다. 한 녀석은 나비가 되었고, 다른 녀석은 나방이 되었기 때문에….

정확한 출처는 기억이 나지 않고, 언젠가 TV에서 얼핏 본 애니메이션의 내용이다. 애벌레 시절에는 알지 못했던, 나비와 나방이란 종의 차이. 낮과 밤, 각자의 생활체계 사이에 놓인 생물학적 경계. 또한 각자가 지닌 미적 취향의 차이, 다시 세상으로 나온 나비는 꽃들의 화려함을, 나방은

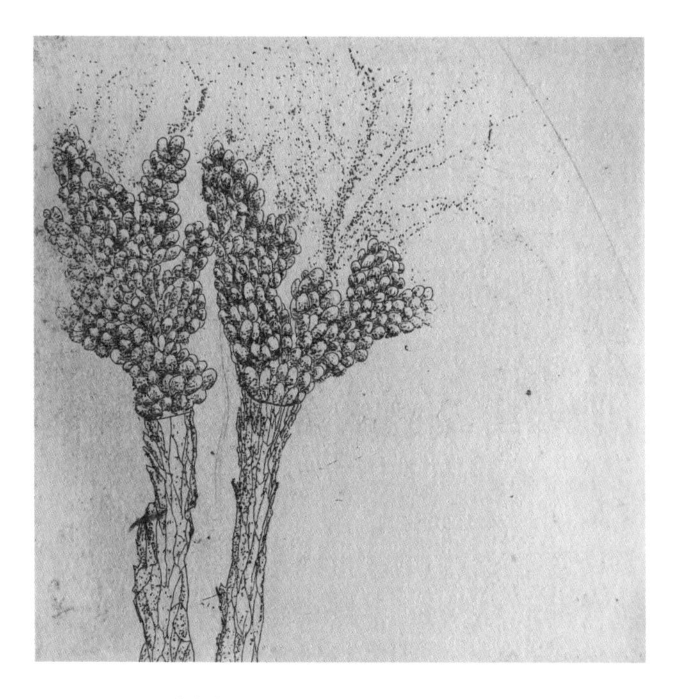

사라지다_Etching, Aquatint_10×10_2019

불꽃의 찬란함을….

인간의 삶에 적용하자면, 나이에 따른 사랑관의 변화, 어쩌면 교감의 조건이 변한 것인지도 모르겠다. 그때 그 시절의 그런 사랑을 다시 할 수 없다는 의미의 알레고리 같기도 하면서…. 그런데 또 살다 보면 그 전제와 경계가 무의미한 사랑을 다시 마주치기도 하더라. 나의 밤에는 당신이 없어서, 더 이상 그 밤이 아름답지 않아서, 당신의 낮과 꽃을 알고 싶어서, 내 밤을 다 소진해 동틀 녘을 기다리며 방황하는 나방 한 마리.

사슴의 물거울

숫사슴 한 마리가 물에 비친 자신의 모습을 보게 되었다. 자신의 아름다운 뿔은 마음에 들었지만, 가는 다리가 불만이었다. 갑자기 어디선가 나타난 사냥개에게 쫓기게 된 사슴은, 볼품없다고 여긴 가늘고 긴 다리로 빠르게 도망칠 수 있었지만, 달리는 내내 나뭇가지에 뿔이 걸리게 된다. 가까스로 위기를 넘긴 사슴은 자신의 몸 모두를 사랑하게 되었다…는 아주 가슴 따뜻한 교훈.

라 퐁텐의 「사슴의 물거울」이란 우화시의 내용. 보잘것없어 보이는 사람에게도 특출난 재능이 하나씩은 있기 마련, 그리고 의외의 상황에서 루돌프 사슴코의 도움이 절실할지도 모를 일. 그러니까 함부로 무시하고 얕보지 말 것. 그 사람이 누구일 줄 알고….

차이의 풍경_Etching, Aquatint_30×30_2021

너의 잠재력이 뭔지 다시 한 번 살펴봐. 그 뿔만 믿고 있지 말고…. 너의 뿔에 대한 찬사를 늘어놓는 이들의 목적은 자신들의 건강인지도 모르니. 즙이 내려진 후에도 네 입에는 돌아가지 않을 테니.

6. 나에게 닿기를

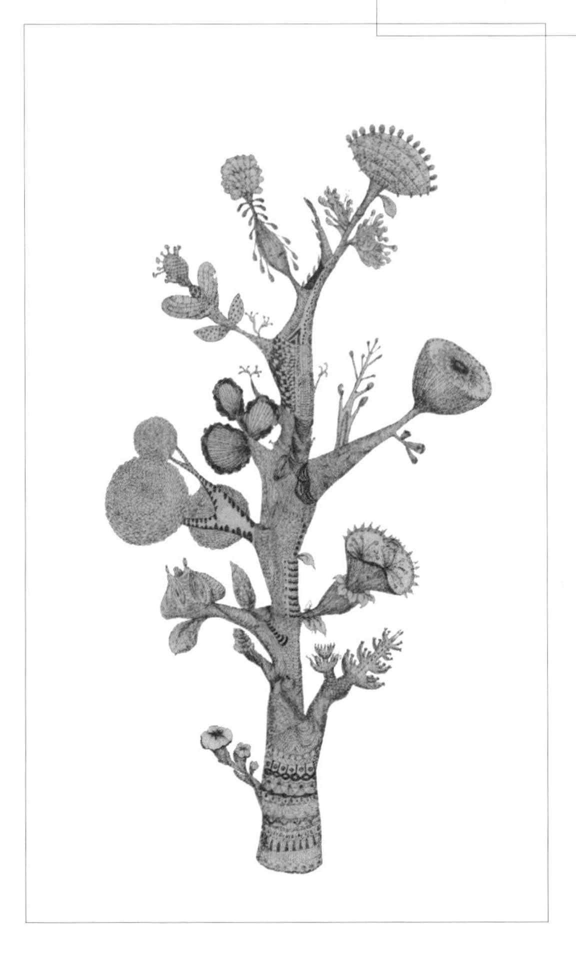

9회말 2아웃,
투 쓰리 풀카운트

야구는 9회말 투아웃부터라고 했던가. 그렇다면 도대체 9회말 투아웃이 되도록 뭘 하고 있었다가, 9회말 투아웃이 되어서야 희망의 불씨를 다시 지피고 있는 것일까? 돌이켜 보면 나는 1회부터 사력을 다하고 있었는데, 어쩌다 보니 9회말 투아웃이다. 매 순간마다의 최선이었는데, 그에 대한 정리가 고작 '어쩌다 보니'이다. 그토록 간절했었는데, 이토록 간단하다.

그러나 인생의 낮은 타율이 말해 주고 있는 사실, 그동안 안타가 없었다는 건 지금쯤은 터질 때가 됐다는 이야기다. 차라리 드라마의 조건은 갖춰진 9회말 투아웃이기도 하다. 드라마의 정점을 찍는 역전 홈런을 기대하면서도, 이런저런 걱정으로 투 쓰리 풀카운트. 자! 마지막 공이다.

다이빙 캐치

배트 끝을 겨우겨우 스치며 빗맞은 타구는 행운의 안타라도 될 듯 애매한 궤적을 그리며 날아온다. 주자들은 이미 다음 베이스를 향해 내달리기 시작했고, 나는 그 타구를 향해 달려가고 있는 좌익수다. 다이빙캐치의 모험을 감행할 것인가, 아니면 안전하게 바운드 된 공으로 처리할 것인가. 그 애매함의 원근 따위는 내게 아무것도 아니라는 듯, 폼나게 잡아내고 싶은 욕망. 내 능력치를 증명할 수 있는 기회이기도 하지만, 잡지 못했을 경우엔 부족한 판단력에 대한 질타를 감당해야 한다. 위기에서 팀을 구원한 히어로로 등극할 수도, 필요 이상의 점수를 허용하게 한 역적이 될 수도 있다.

날아오는 공을 향해 일단 의무감의 전력으로 달려온 길, 아직도 어떤 선택이 제대로 된 판단인지는 모르겠다. 그런데 한번 다이빙을 해보려고…. 잡을 수 있을 거란 믿음으로, 나를 향해 쏟아질 환호성을 기대하며…. 이런 감동의 이력 하나 욕망하지 않는 삶, 너무 재미없잖아.

기회란 항상 그토록 애매한 원근감이었던 것 같다. 잡을 수 있는 범주인지 아닌지를 확신할 수 없었던…. 어떤 선택에도 자기 하고 싶은 말만 내뱉는 관중들은 있기 마련이다. 왜 거기서 무모하게 다이빙을 했냐고 욕을 싸지르는 관중들은, 다이빙을 하지 않았어도 지랄을 해댔을 것이다. 저 새끼 몸 사리는 것 좀 보라며…. 어차피 그들에겐 나는 무모함이거나 불성실이거나이다. 그럴 바엔 내 욕망으로 뛰어올라 보려고….

재능 혹은 간절함

"재능이 없는 거니? 간절함이 없는 거니?"

어떤 경우도 지금껏 견뎌 온 날들에 대한 모욕으로 느껴지지만, 또한 그저 운이 없었던 거란 자위만으로는 해명되지 않는 지금. 나는 매 순간 간절했는데, 재능에 대한 믿음을 놓아 버리는 순간엔 정말이지 주저앉아 버리게 될까 봐, 차라리 간절함이 부족했음을 인정해야 할 판. 그렇게라도 재능에 대한 자존심을 지켜 내면서, 이전보다 더 절실한 태도로 노력해야지. 뭐 별수 있나?

돌아보면 항상 최선이었는데, 조금 더 훗날에 다시 돌아보니 '최적'은 아니었던 경우. 그런데 또 그렇게 차근차근 한계를 지우며 경계를 넘으며 성장해 가는 것이지. 그리고 그도 내 재능에 대한 믿음을 놓지 않는 한에서의 성장이라는 거. 또한 간절함으로 겨우겨우 유지할 수 있는 믿음이기도 하고….

힘든 시절을 살아간다

모두가 열심히 살아가는 세상. 그럼에도 누군가는 되고, 누군가는 되지 않는다. 이상하고도 신기한 현상 중 하나, 세상 대부분의 '나'는 항상 안 되는 '누군가'의 집단에 속해 있다. 그렇다고 '우리'라는 연대감을 느끼는 것도 아니다.

거기서 그치지 않을 것이다. 너의 실패에 대한 분석을 마친 '저들'의 조언이, 이미 넘쳐 나고 있는 자책의 틈을 비집고 들어와, 너의 가슴을 다시 한 번 할퀼 것이다. 실상 저들은 살아 보지 못한 너의 인생임에도, 너보다 너의 상황을 잘 안다는 듯.

네가 실패한 이유를 늘어놓고 있는 조언이 듣기 싫다면, 그냥 듣지 마라! 그러나 적어도 저들이 틀렸다는 사실을 증명해 보일 오기라도 부려 봐야 하지 않을까? 그것조차 없으면 저들이 맞는 것이 될지도 모를 일이니까. 내 진심을 왜 그리 삐딱하게 받아들이냐는 둥, 너는 그런 고집이 문제

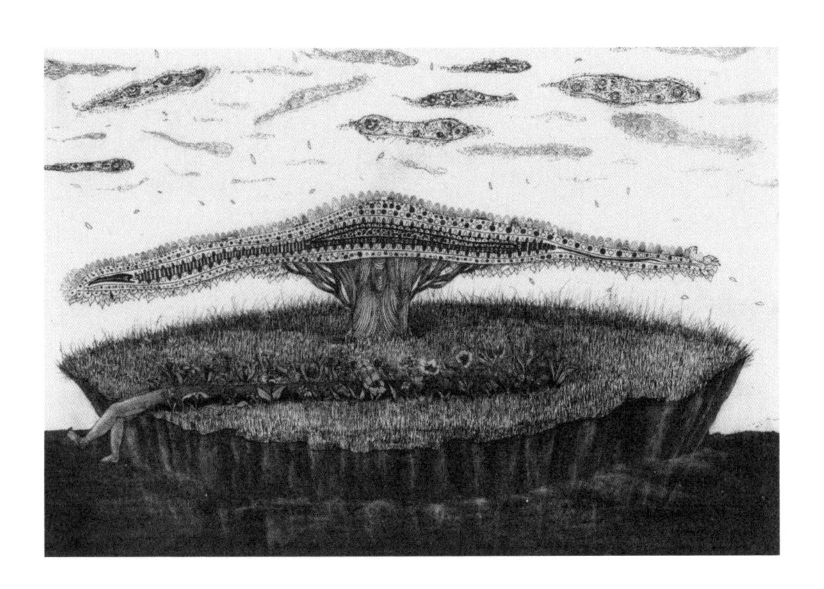

안식_Etching, Aquatint_33.5×53.5_2016

라는 둥, 참 같지 않은 오지랖. 언제고 보란듯이 그들에게 되돌려 주기 위해서라도 되뇌이고 곱씹으며 스스로를 채찍질하는 동력으로 간직할 것. 조언이 듣기 싫다면 듣지 마라. 그리고 그 비딱한 고집으로 악착같이 살아 낼 것.

물리적 거리

손 내밀면 닿을 듯한 거리에서 낮게 흘러가는 구름. '손 내밀면 닿을 듯'이라, 이 얼마나 거짓말인가. 그렇듯 물리적 거리는, 문학적 감성적 거리보다 멀다. 언제나 닿을 듯 말 듯한 거리에서 아른거리는 꿈도 이상도 마찬가지겠지? 아직 더 남아 있는, 어쩌면 지금껏 걸어왔던 길보다 더 먼 거리를 가야함인지도 모른다.

깻잎 한 장 차이로 적구를 비껴간 백구가, 때론 똥창을 딛고 선 가야시로 되돌아오기도 한다. 당구인들 사이에서는 어떤 정설로 받아들여지고 있는 불확정성 원리, 뽀록에는 장사가 없다.

당신은 최선을 다했던 거야. 그 열의와 합이 맞아 돌아가는 세상인 것만도 아니기에, 예상치 못하게 끼어든 이런저런 우연적 변수에 비껴가는 경우도 있었을 테고…. 그러나 또한 그 의지 바깥에서 어떤 우연들이 맞물린 반전이 만들어지고 있을지 몰라. 그땐 그 어떤 것도 당신을 막을 수 없을 테니…. 인생 아직 모르는 거다.

스토리텔링의 차이

위작(僞作)은 실상 진품을 그린 작가 못지않은 재능의 결과물이란다. 그런데 그들은 왜 위작을 그리는 것일까? 지니고 있는 실력이 곧 가치인 것은 아니다. 물론 '지식은 권력'인 구조적인 문제도 있겠지만, 작품을 서포트하는 담론이 있어야 한다. 작품 자체만 놓고 따져 본다면 앤디 워홀과 잭슨 폴록이 뭐 그리 대단할 게 있겠는가? 그러나 그들이 지닌 타이틀만큼이나 값나가는 서사도 없다는 거.

나도 저 정도는 할 수 있는데, 세상은 왜 나를 몰라주는 것인가에 대한 푸념이 정당할 수도 있다. 실제로 당신의 재능은 저들을 능가할 만큼 뛰어난 수준인지도 모른다. 그러나 가치라는 게 내 스스로 매기는 것도 아니니까. 세상이 원하는 스토리텔링이 조금 더 필요한 것. 나의 재능을 알아보지 못하는 저 세상의 무지를 깨우칠 수 있는 역량이야 말로 최고의 스토리텔링이지 않을까?

기타를 배울 때의 첫 난관이 F코드이다. 잘 쥐어지지도 않고, 때문에 소리도 탁하다. 확장 코드들 역시 대부분 초보자가 쥐기 어려운 운지법들이다. 그런데 F코드만 제대로 쥐게 될 줄 알면, 나머지 코드들이 그렇게까지 어려운 과정은 아니다. 그리고 어려운 코드들을 쥐어 보다 보면 안다. 그 변주가 얼마나 음악의 전개를 풍요롭게 하는지를…. 익숙해진 이들에게 그것은 선택의 문제가 아니라 필수의 사안이다.

연주를 듣는 이들은 코드의 문제를 고민할 필요가 없다. 듣기에 좋은 화성이면 그만인 사안. 그런 고민들은 기타리스트들의 몫이고, 연주를 듣는 이들이 알아줄 일도 아니다. 그런데 기타리스트를 꿈꾼다면서도 왜 그렇게 어려운 코드를 배워야 하는지 이해할 수 없다는 불평을 늘어놓는다면 무슨 대답을 해주어야 하는 걸까? 실상 기타리스트를 꿈꾸

너무 높았던 침대_Etching, Aquatint_10×10_2019

는 이들은 그런 불평의 질문을 던지지도 않는다.

그걸 하고 싶긴 한데, 왜 이렇게까지 해야 하는 것인지가 이해되지 않는다면, 이해하지 않아도 된다. 당신이 이해하든 말든, 이해하는 사람들을 위해서, 이해하고 싶은 사람들을 위해서 존재하는 것들이다. 당신이 욕망하는 것들이 당신을 설득해야 할 의무는 없다.

겸손한 사람과 부족한 사람

"부족함이 많은 사람입니다."

겸손을 미덕으로 알고, 누군가에게 나를 소개할 때마다 겸손을 전면에 내세웠지만, 실상 '보다시피 겸손은 넘쳐 나는 사람'이라는 스스로에 대한 찬사를 들이밀던 순간이기도 했다.

"부족함이 많은 사람입니다."

먼 훗날에 돌아보니, 그 순간의 나는 겸손한 사람이 아니라 정직한 사람이었다.

녹음된 목소리

녹음된 내 목소리를 처음 들었을 때의 충격이란, 세트장 밖의 존재를 알아 버린 트루먼의 심정과 비슷했다. 세상 사람들은 다 듣고 있었던 내 실제 목소리를 나만 모르고 있었다. 타인의 목소리는 외이(外耳)를 거치지만, 자신의 목소리는 내이(內耳)를 울리며 들어오기 때문이란다. 진실을 알아 버린 이후에도 남들이 듣고 있는 내 목소리는 나에겐 들려오지 않는다.

몇 개의 인터뷰 기획을 하면서, 녹음 파일을 텍스트로 정리하다 보니, 점점 내 목소리에 익숙해지기 시작했다. 이제 더 이상 내 목소리가 이상하게 들리지는 않는다. 더러 괜찮게 들리는 순간도 있고…. 그렇듯 나에게 익숙해지는 데에도 시간이 필요하다.

내가 어떤 말을 하고 있는 것인지, 어떤 행위를 하고 있는 것인지, 자신은 잘 모를 때가 있지 않던가. 때론 내 호의

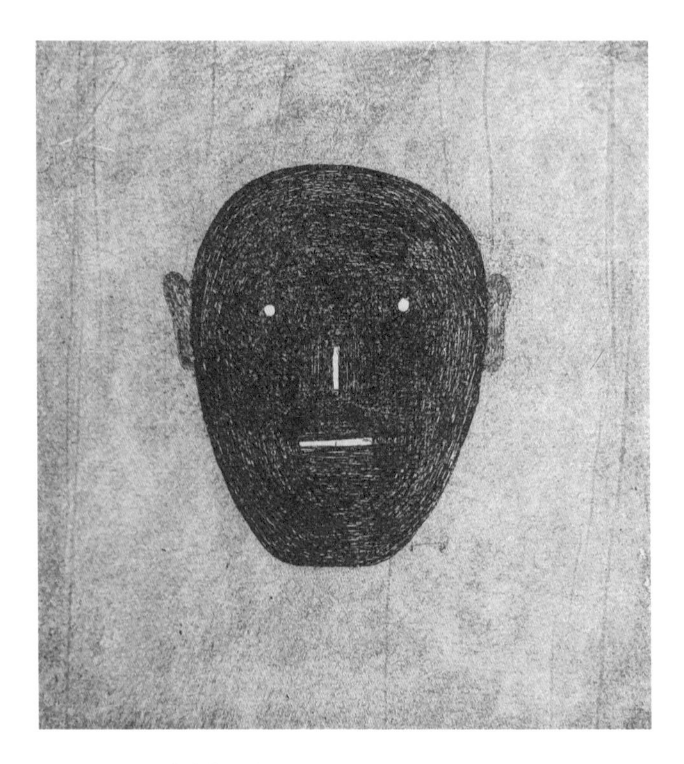

던져진 존재_Etching, Aquatint_10x10_2019

가 상대에게는 불편함이었구나를 뒤늦게 깨닫는 경우도 있고, 진실을 알아 버린 이후에도 '나는 호의였는데'라는 메아리만이 내이를 울리며 들어오는 경우도 있고….

나만은 그렇지 않을 거라 생각하며
나 많은 것들을 착각하며 살아간다.
남 아는 것들도 이해하지 못하면서
남 안은 것들도 용서하지 못하면서

하늘바라기

10분 정도 먼저 도착한 식당에 울려 퍼지던 한 소절이 꽤나 좋았던지, 바로 핸드폰으로 가사를 검색했다. 부른 가수가 정은지인지도, 그 제목이 「하늘바라기」인지도 몰랐던, 이미 5년 전 발매된 것이라는 사실은 더더욱 몰랐던 노래.

노래가 끝나는 순간에 맞춰, 식당 문을 열고 들어선 그녀. 혹시나 이름에서 그 글자가 '하늘'을 뜻하는 한자인가를 물었는데 아니었다. 실상 하늘을 뜻하는 글자는 내 이름에 들어 있다. 내게 익숙한 것을 상대에게서 찾으려 드는 습관. 타인을 대할 때, 그 사람의 실상보다는 나의 상상을 투영하는 순간들. 하늘이 파랗게 보이는 것도 이 비슷한 이유에서이다.

하늘이 파랗게 보이는 이유는, 지구의 대기가 가시광선 중에서 단파장인 푸른빛을 산란시키기 때문이란다. 낮 동

잃어버린 섬에 대한 애도_Etching, Aquatint_50×99.5_2016

안 우리가 보는 하늘은, 실상 지구의 일부를 보고 있는 것이다. '바라기'란 어쩌면 대상이 아닌 저 자신에 전념하는 증상을 의미하는 접사인지도 모르겠다. 실상이란 건, 차라리 나의 푸르름을 밀어내며 내려앉는 어둠 속에 자리한 것이 아닐까? 좋은 시절보다는 그렇지 않은 시절이 삶에 대해 더 많은 것을 가르쳐 주듯, 늘 좋기만 한 관계보다는 약간은 어긋난 시간 동안 그에 대한 보다 많은 이해와 내 스스로에 대한 많은 오해를 돌아보듯.

청춘의 색 블루

유독 파란색을 좋아하는 아이였다. 어떤 계기가 있었는지에 관한 기억은 없다. 그냥 언젠가부터 파란색을 좋아하고 있었다. 그렇다고 삼성 라이온스를 좋아한 것도, 울트라니폰과 아주리 군단의 편이었던 것도 아닌데, 그런 상징성과는 무관하게 그냥 좋아하는 색이었을 뿐이다.

내 유년시절의 문법 속에서는, 색에도 어떤 위계가 있었던 것 같다. 내 또래들에겐 신화로 남아 있는, 어느 날 우주로 사라졌다가 다시 지구로 돌아온 다섯 아이들의 연대기 속에서, 블루 후뢰시가 차지하는 단독샷 지분으로 파랑의 기표적 지위가 해명될 수 있는지도 모르겠다. 1호기 레드와 같은 완벽에 가까운 능력치는 아니지만, 그 부족분만큼으로 젊어 보이던….

나는 언제나 2등, 3등이었던 것 같다. 물론 공부 이야기는 아니고…. 관심을 가진 분야는 많았고, 자잘하게나마 할 줄 아는 분야도 많았는데, 각 분야마다 나보다 월등한 놈들은 꼭 있었다. 지금도 그런 것 같다. 어느 빨강에 대한 항상 파랑의 자리. 그렇다고 멍울의 색깔인 건 아니고, 완벽하지만은 않은 청춘의 색깔이라고 자위하고 있다. 또한 내 색깔이 이런 것이니 별 수 없는 일이기도 하고….

이 사실도 꽤 오랫동안 잊고 있었다. 그래서 내 푸른 시절을 다 바쳐서 빨강의 지위를 욕망하기도 했었는데, 되고 싶다고 되는 일도 아니었고…. 먼 길을 돌아오는 동안 부서져 내린 욕망의 틈바구니로, 이젠 얼핏얼핏 내 유년시절의 색이 보이기도 한다. 내 낡은 서랍 속에 여전히 담겨 있던 하늘과 바다, 나의 파랑으로….

별님에게

절망의 어느 순간부터 매일같이 바라보며 내 푸념을 늘어놓던 별이 있었다. 어떤 이름으로 불리는지도 잘 모르겠고, 밤하늘에 떠있는 수많은 별들 중 하나였지만, 언제나 알 수 있었다. 저 별이 그 별임….

그 '별님'에게 내 절박함에 대해 이야기하곤 했다. 다행히 '별님'은 나에게 아무런 대답도 하지 않았다. 미쳐 버릴 것만 같았던 상황에서도 내가 미치지 않았다는 유일한 증거였다.

유치하다고 생각할 수도 있겠지만, 사람을 유치의 끝으로 몰고 가는 상황이 있지 않던가. 그리고 그 유치의 환상이 현실을 버틸 수 있는 그나마의 힘이 되어 주기도 하고…. 밤하늘에 던져진 신화 속의 슬픈 운명들을 바라보고 있노라면, 원시 애니미즘이 어떤 연유에서 비롯되었는지에 대해서도 짐작해 볼 수 있다. 얼마나 간절했으면 햇님과 달님에게 그토록 치성을 드렸겠는가.

언젠가부터는 그 별을 찾을 수가 없었다. 인생에 드리워졌던 어둠이 다소 걷히고 나니, 예전처럼 하늘을 바라볼 일도 없었을뿐더러, 이제 그 별도 보이지 않았다. 사라졌을 리는 없고, 저녁과 새벽 사이 어딘가의 하늘에서 아직도 빛나고 있으련만….

정당한 분노

신들이여, 보소서.

…

그것을 얌전히 견뎌 낼 만큼 날 바보로 만들지 마시오.

내게 정당한 분노를 일으켜 주시오.

『리어왕』에서의 처절한 대사. 하늘을 향한 리어의 호소가 마음을 끌었던 이유는, 초라히 주저앉고 말았던 어느 지나간 날의 내가 떠올라서…. 그런데 하늘을 원망하기에는 리어 스스로 어리석음의 죄를 저지른 대가였다. 나 역시도 내 어리석음으로 지게 된 초라함이었을 테고….

복수하고 싶었던 대상이 있었다. 그러나 어떻게 주저앉힐까를 아무리 고심해 봐도 방법이 없었다. 치졸하게 굴어 버릴까, 아니면 보란 듯이 잘 살아 버릴까. 치졸하게 굴기에는 내 자존심이 허락하지 않았고, 보란 듯이 잘 사는 일도 내 맘처럼 되질 않았다. 분노는 치밀어 오르는데, 그 사람에게 하등 영향을 미치지 못하며 부질없이 소모되던 에너지. 어느 순간 돌아보니 그도, 덧없이 흐르는 세월 뒤로 잊혀져 가는 기억과 더불어 희미해졌다. 내가 바보였던 것일까? 그 덕에 품위라도 지켜 낼 수 있었던 것일까? 결코 내 의지는 아니었다는….

그렇게 해서 달래질 수 있을 것 같은 정당한 분노라면야 그렇게 해보는 것도 나쁘진 않을 게다. 그렇지 않을진대, 차라리 자신의 격이라도 지켜 내는 게…. 지금 써 내리고 있는 그 카톡을 전송하지 말라!

종이비행기

한 아트디렉터 분을 만난 자리에서, 어떤 장면을 설명하느냐고 종이비행기를 접어 보이려다 끝내 못 접었다. 접는 법이 생각나지 않아서….

"어떻게 접는 거였죠?"

질문과 함께 접다 만 종이를 아트디렉터 분께 건넸는데, 그녀도 너무 갑작스러웠는지 제대로 접질 못하며 당황해했고, 결국 종이비행기가 있다는 가정 하에서 이야기를 이어갔다.

종이비행기를 날려 본 게 언제가 마지막이었을까? 이젠 참 별 게 다 기억이 안 난다. 그러니 얼마나 많은 별것들을 잊고 사는 중일까? 종이비행기를 접는 법도 잊은 마당에, 그것을 날려 보내던 그 하늘을 기억할 리가….

우리 또래의 스무 살 시절에는 지포 라이터가 유행인 적이 있었는데, 고등학교 졸업선물로 받은 것을 아직까지 '소장'하고 있다. 빨간색은 혹여 도색이 벗겨질까 봐, 가지고 다니다가 잃어버릴까 봐, 몇 번 써보지도 않았는데, 꽤 오래전부터 나는 담배를 피우지 않는다. 아까워서 제대로 다 써보지도 못하고 추억이 되어 버린 불꽃. 청춘의 모습 같기도 한….

아껴 써도 모자랐을 판에, 생각 없이 써버리고 나서야 텅 비어 버린 청춘의 주머니를 뒤적거리며 아쉬워하는 미련함 이면에는, 너무 아껴 쓰는 바람에 후회로 남은 기억들도 그득하다. 그때 그냥 미친 듯이 달려들어 볼 걸, 그냥 거기서 다 쏟아 낼 걸…. 병법에서도 세(勢)와 시(時)를 이야기하지 않던가. 인생이 또 타이밍이기도 하고…. 돌아보니 그 시기가 아니면 안 되었던 것들.

'당시에는 최선이었다'가 아닌, '지금 생각해도 최선이었다'일 수 있도록, 지포라이터가 빨아올리는 기름처럼 자신을 태우며 빛났어야 했는데…. 최선으로 내달리긴 했는데, 쉴 거 다 쉬어 가면서, 놀 거 다 놀아 가면서 달려간 최선. 그것이 정말 최선이었는가에 대한 질문에는, 또 최소한의 자존심으로 당당하고 싶어서 최선이라는 대답을 주저하지 않았던, 고작 그 정도의 최선.

그래서 하는 사람이 있고
그래도 하는 사람이 있다.

그래서 하지 않는 사람이 있고
그래도 하지 않는 사람이 있다.

예쁨에 관하여

뭘 해도 예쁜 나이가 있고

뭘 해야 예쁜 나이가 있으며

예쁘려고 뭐든지 하는 나이가 있다.

뭘 해도 예쁜 사람이 있고

뭘 해야 예쁜 사람이 있으며

예쁘려고 뭔 짓을 해도 예쁘지 않은 사람이 있다.

초등학교 운동장에 박혀 있는 단계별 높이의 철봉은, 어떤 것을 편히 붙잡을 수 있느냐에 따라 나의 성장 상태를 알려 주는 높이이기도 했다. 결코 손이 닿지 않을 것만 같았던 높이의 철봉이 있었다. 어느 날 그냥 한번 뛰어올라 본 그 철봉에 손이 닿았다. 얼떨결에 붙잡아 버린 철봉 위에 한참 동안 매달려, 이전과는 다른 체감의 중력을 즐겼었던….

다시 땅으로 내려와 올려다본 철봉은, 여전히 손이 닿지 않을 듯한 높이에 있었다. 내가 잡을 수 있는 높이라는 걸 확인했으면서도, 뛰어오르기 전에는 항상 닿지 않을까 봐 망설여졌다. 그러나 막상 뛰어오르면 언제나 철봉은 손에 잡혔다.

눈의 원근감을 너무 믿지는 마라. 막상 뛰어올라 뻗어 보면 생각보다 가까운 곳에 있다.

턱걸이

이것만큼은 누구한테 져본 적이 없다고 자부할 수 있는 장기들이 하나쯤은 있지 않나? 어려서부터 턱걸이만큼은, 기계체조부 친구들이 아닌 이상에야, 적수가 없었다. 그러나 그렇게 잘하던 것이 도리어 내 노화를 증명하는 영역이기도 하다. 언젠가부터 헬스장에서의 턱걸이 개수가 점점 줄어들고 있다. 다른 무게들은 여전히 그대로 들어 올리는데, 왜 이것만 줄어드는지 모르겠다.

나이가 들면서 점점 앳된 심정으로 돌아보게 되는 계절. 더워 죽겠긴 한데, 너무 빨리 가지 않았으면 하는 마음. 여름이 물러가려 하는 무렵은, 일요일 오후 4시 정도의 느낌이다. 심적으로는 이미 월요일의 영향권. 아직도 한참이 남아 있는 올해이지만, 벌써부터 올해를 되돌아보기 시작한다.

가끔씩은 그런 생각도 한다. 모두가 자기의 시간으로 떠나 버린 어느 여름날에 나만 혼자 남아, 여전히 턱걸이를 하고 있는 것이 아닌가 하는…. 이게 뭘 말하고 싶은 표현인지는 나도 잘 모르겠다. 여하튼 그냥 그런 느낌이다. 그나마 지금까지 내게서 반복되고 있는 그 시절의 행위가 턱걸이이기도 하다. 이젠 가끔씩은 도대체 이걸 왜 하고 있나 싶을 때도 있긴 한데, 이마저도 안 하면, 늙을 것 같다. 청춘으로의 겨우겨우 턱걸이.

저 너머에서 만나게 되는 것들

조금만 더 갔더라면 보였을 텐데….

저 길모퉁이 돌아에 있었을 텐데….

이런 사실들은 꼭 뒤늦게야 발견이 된다. 먼 훗날 우연히 걷게 되는 저 건너편에서 바라본 이곳이, 어느 날 내가 멈추어 섰던 바로 '직전'이었다는….

그러나 또 달리 생각해 보면, 조금 더 가지 못하고, 모퉁이를 돌지 않았던 나에게 인연은 아니었단 이야기겠지? 조금 더 갔더라면, 모퉁이를 돌았더라면, 그 경우는 더 좋았을까? 가지 못한 길은 가보지 못해 아름다운 것일 뿐, 막상 더 갔어도 별거 없었을지 몰라. 차라리 가지 못했다는 후회로 더 아름다운, 가지 못한 길인 건 아닐까?

길에서 만난 세상의 모든 것,

그대와의 추억들.

도시에 관한 인문서를 읽다가, 길을 만남이 이루어지는 접촉과 소통의 공간으로 표현한 구절에서, 문득 김종서가 부른 「영원」의 이 부분 가사가 떠올랐다. 여간한 글쟁이들은 한마디씩은 다 적어 내리는 길에 관한 메타포인 것을, 만남의 공간이라는 정석 교수의 설명이 왜 그리도 새삼스러웠을까?

길에서 만난 모든 것들. 또한 '길을 가는' 일에만 급급해 그 길 밖으로의 어떤 풍경들을 스쳐 지나왔는지도 모르고 있는, 만났으면서도 기억하지 못하는 것들. 하긴 길에서 마주친 사연도 다 기억 못 할 판에, 길 옆으로 버려진 이야기들까지야 어찌….

길이라고 믿었던 방향의 배신, 아니 어쩌면 길 앞에서 깨달아야 했던 그 방향으로의 내 무능. 태초에 길 같은 건 없었노라, 내가 딛는 걸음걸음이 곧 길이고, 네가 가는 곳이 모두 길이라며, 스스로를 격려하면서도 내심 어느 순간에는 조금 더 편한 길이 나타나길 바라던 모순된 심정. 그렇게 되길, 그것만은 아니길, 이번에는 다르길, 이 또한 길이길, 얼마나 많은 '길'을 바라고 원하고 기대했던가.

언젠가 돌아보면 후회 없기를

언젠가 돌아보면 후회 없길, 언젠가 돌아보면 아름다운 추억이길, 그럼에도 돌아보는 언젠가마다에 남겨 놓고 올 수밖에 없었던 후회들. 이 길 위에서 또 무엇을 만나게 될지, 이 길이 어디로 닿을지, 지나온 거점만으로는 예단할 수 없는, 따지고 보면 소년에게나 노년에게나 앞으로 가야 할 길은 다 초행길이다. 그러나 앞만 보고 걸어오다 보니 항상 어제와 다르지 않았던 오늘의 길, 그 걸음을 다시 잇대는 내일은 길에서 마주치는 모든 순간과 길옆으로 스치는 모든 풍경을 사랑할 수 있길 기도하며…. 다시 길이다!

손톱을 정갈하게 하는 가장 쉬운 방법은, 머리를 감는 것. '씻는다'는 총체성으로 다가설 때, 지엽적인 청결도 해결된다. 삶도 그런 것 같다. 이런저런 걱정들로 새어 나오는 한숨을 따돌리는 방법은, 숨이 가빠 오도록 열심히 사는 것. 턱 끝까지 차오르는 숨의 총량으로 밀어붙이다 보면, 또 한숨 쉬어 갈 정도는 허락할 삶이기도 하겠지.

순리대로 산다는 것. 글쎄, 나도 잘 모르겠다. 억지로 해서 뭐가 되는 건 없다는 사실 정도만을…. 그런데 지금의 노력이 '억지로'인지 최선인지를 지금의 내가 판단할 수 있는 사안은 아니라는 거.

기대했던 일은 기대만큼의 결과로 돌아오지 않았다. 기대하지 않았던 방향에서 치고 들어온 행운에는 항상 아쉬움이 남았다. 차라리 저걸로 승부를 볼 걸 하는, 뒤돌아선 가정 속에서…. 어느 순간이 어떤 미래로 이어질지 모르는

순항_Etching, Aquatint_10×10_2019

일이기에, 일단 최선을 다해 보며 매 순간을 살아갈 뿐이다. 결을 거스르고 있는 것인지도 모른 채 거슬러 보다가도, 또 되어 가는 대로의 결에 따라 다시 최선을 다하는 것. 그렇듯 불확실성은 모든 가능성이란 피로도이기도 하다.

비행기의 날개 무게는 얼마나 될까? 아무리 신소재의 합금을 사용하더라도 만만치가 않은 무게일 터. 새들은 가는 다리와 뼈의 비움으로써 취한 가벼움이라면, 비행기는 비행을 위한 날개와 제트엔진 자체가 이미 무게다. 스스로의 무게를 이겨 낸 다음에나 활공이 가능한 거. 비워 내거나, 이겨 내거나.

교량이 지니고 있는 역설은, 상판 위로 오가는 것들의 무게를 버텨 내기 위해, 상판 자체가 지닌 무게를 교각이 견뎌 내야 한다는 점이다. 실상 다리는 저 자신의 무게까지 버티고 서 있는 것이다. 어떤 의미에서든 다리가 되겠노라는 다짐이라면, 자신의 삶이 지닌 무게부터 견뎌 내고 볼 것. 큰 다리의 운명일수록 버텨 내야 하는 무게는 더 클 수밖에 없을 터, 그러나 그 위로 오가는 보다 많은 것들.

바람개비

바람이 없으면, 바람개비일 수 없다.
바람을 등지면, 바람개비일 수 없다.
불어오는 운명을 끌어안고 돌아갈 뿐, 뒤돌아서지 않는
나는 바람개비다.

널 안고 바람이 불어온다~~

에필로그

순간을 대하는 자세

마셜 맥루언은 우선 69쪽을 펼쳐 보고 거기서 뭔가 인상적인 것을 발견하지 못하면 그 책을 읽지 않았단다. 이는 아무 페이지나 펼쳐 보아도 괜찮은 내용이다 싶으면 그건 괜찮은 책이라는 의미겠지? 즉 표집이 전체를 대변한다는 것.

개인의 이야기도 그렇지 않나? 타인에게 당신의 인생 전체가 당신을 말해 주는 건 아니다. 한순간의 불성실, 혹은 갑질과 꼰대짓, 지금 달고 있는 댓글 하나, 인스타그램에 올리고 있는 사진 한 장이 당신을 대변하는 표집으로서의 순간들이다. 하여 매 순간을 대하는 당신의 태도부터가 당신의 콘텐츠다.

이 책의 69페이지에는 어떤 내용을 적어 놓았을까? 여러 의미에서 조금은 자신 없는 페이지. 분명 그 모두가 최선을 다해 쓰는 글들이지만, 또한 조금 괜찮다 싶은 글들만 묶어서 출간하는 책이지만, 그것들 중에도 상중하가 나뉜다. 그러면 쓸 때 아예 '상'으로 쓰면 될 것을, 그런 마음가짐으로 써 내려도, 쓰고 나서 보면 언제나 제 적량을 유지하는 분포도. 그리고 돌아보면 언제나 부끄러운 글. 쓰는 순간에 최선이었는데, 나중에야 비로소 보이는 것들. 이 책의 공정 자체가, 순간과 전체를 대변하는, 삶에 관한 하나의 알레고리이기도….

에필로그

던져진 존재들을 위한 위로

제소정

그림은 나를 인식하는 하나의 통로이다. 많은 작가들이 '자아실현'을 위해 작업을 하곤 하는데, 나의 작업은 적극적으로 자신을 드러내 보이며 의식화하지는 않는다. 그럼에도 그림이라는 매개체가 없었다면 나의 내면을 드러내는 과정이 내게는 꽤나 어려운 일이었을 것이다. 심연의 분열화된 인격들은, 다른 이의 이야기인 양 '타자화'를 전개한다. 그로써 '나'의 이야기라는 사실을 숨기는 것이다. 기저의 심리에 몰입하며 의식화하는 동시에 재은폐하는 과정은, 그 자체로 자기를 드러내기 두려워하는 나의 내면이다.

내 작품은 내면을 형상화하는 과정에서 무의식적으로 혹은 의도적으로 사물을 변형시킨다. 반인반수의 형상, 달팽이나 버섯사람, 신체의 병리적인 표현들은 이 사회가 야기한 기형적인 결과물로서의 병폐적인 시선에 대한 내 나름의 소심한 저항이다. 이를테면 사회적 잣대와 관습에서 불거지는 심리적 갈등이 사람을 병들게 한다는 생각으로 나아가, 신체를 분리하거나 다시 사물과 결합시킨 기괴한 형상에 닿는다. 형상은 대개, 본인의 심리에 각인된 특정 순간과 환경이 무의식적으로 변형을 가하며, 자유연상을 통해 감정적 과잉을 만끽하면서 극대화되는 결과다. 이러한 그로테스크하고 메니피아적인 발상은 작품 전반에 깔리는 심리적 코드가 되었다.

사람들은 참을 수 없는 극한의 불안을 극단적으로 표현하곤 하는데, 억압되어 있던 내 불안의 감정들이 그러한 표현으로 해소되었다고나 할까. 그러나 과도한 자의적 해석과 표현이 관객과의 괴리를 어떻게 메울 수 있을까하는 문제가 남는다. 이것은 나를 포함한 많은 작가들이 하는 고민이다. 일상적인 사물의 왜곡된 변형은 일상을 상기시키는 동시에 현실로부터 탈주하는 이중적 속성을 지니는데, 이는 억압된 내면의 본질과 상이하게 평화로운 외면의 이질적 속성과 닮아 있다.

사실 작품 속의 표현들은 일반적으로 터부시되는 형상

일 것이며, 이렇듯 익숙하지 않은 분위기가 관객들의 호기심을 자극하고 주목하게 만들 수 있을 것이라 생각했다. 관객들은 일상과 닮은 듯하면서도 일상에서 보지 못했던 풍경과 맞닥뜨리는 순간에 호기심이 극대화되며, 작품 속의 내러티브와 사물에 대해 자신만의 감성으로 다시 현실을 환기시킬 수 있을 것이라 기대했다. 물론 작가로서의 고민을 잇댄 결과이며, 작가의 기대일 뿐, 보다 관건은 관객 분들의 해석이지만 말이다.

작품 안에서 비교적 대중적인 상징성을 지니는 풍경은 물과 잔디 그리고 섬이다. 물이 지니는 순환적인 생명성, 잔디밭이 주는 자연의 광활함과 편안함, 섬이 지니는 제한된 불영속성 등은 내가 학창시절을 보낸 고향과도 연관되어 있으며, 다소 난해할 수 있는 나의 작품을 하나의 이야기로 마무리 짓는 요소이기도 하다. 자신이 이미 습득한 것과 연결되어 있는 이미지의 모티프에서 반사적으로 자신이 지닌 지식이 연상되는 문화적 콤플렉스. 나의 작업 속의 모

집으로_Etching, Aquatint_10×100

든 테마나 형상들은 결국 유아기 때부터 습득해 온 문화의 산물인 것이다.

가까운 이의 죽음을 경험하는 것은 인간의 숙명이다. 죽음의 소용돌이에서 치열함을 그렸고, 벗어난 순간 고요함이 찾아왔다. 그 고요함 속에서 존재에 대한 사유는, 존재의 불완전함과 취약성, 그를 둘러싼 흐름에 대한 감상을 온전히 받아들이는 과정이었다.

세계의 모든 존재는 변화하거나 운동하며 사라진다. 완전히 정적이고 영원한 존재는 없으며 순환과 유한(有限)의 의미를 내재한다. 하이데거는 『존재와 시간』에서 인간은 자신의 의지와 상관없이 세계 속에 던져진 존재라 규정하였다. 의지와 상관없이 태어나 죽음을 향해 달려가는 불안투성이인 존재. 비단 인간뿐만이 아니라 돌, 벌레, 공간 또한 세계 속에 던져진 존재자로서 세계와 관계를 맺고 있으며. 이러한 모든 존재자와 그 소멸, 본질적인 세계에 대한 탐구는 본인이 바라보는 방식으로 존재하는 '우주의 모든 현 존재의 풍경'으로 천착되었다.

최근 작업들은 이러한 존재에 대한 연약함과 허무함을 포용하고 보이지 않는 흐름과 그를 구성하는 서사를 바라보는 과정을 시각화한 것이다. 존재에 대한 의식을 시각화한 드로잉들은 우리 삶의 풍경과 존재의 본질이며, 그로써 불안하고 불완한 이 시대를 살아가는 어떤 이의 심연을 위로하고자 한다.

나의 작업은 존재론적 질문을 끊임없이 던짐으로써 궁극적으로 '삶의 서사'라는 주제로 귀결된다. '삶'의 의미는 '존재의 서사' 속에서 만들어지고 삶을 구성하는 '존재'의 허무함은 다시 내러티브의 소멸로 이어지며 순환을 반복한다.

이와 같이 존재와 소멸의 간극에 흐르는 '소극적 서사'로의 전환은, 고요함 속에서 내적 대화가 진실해질 수 있다는 데에 기인한다. 나아가 인간존재와 삶의 순환을 넘어서 '존재'하는 모든 '존재개체'에 대한 질문을 던지는 일은, 존재의 원초적인 본질과 그 세계의 흐름과 순환을 탐닉하기 위함이다.

불운이 우리를 비껴가지 않는 이유

던져진 존재들을 위한 위로

글 민이언
그림 제소정
발행일 2021년 10월 31일 초판 1쇄

발행처 디페랑스
발행인 노승현
책임편집 민이언
출판등록 제2021-08호(2011년 1월 20일)
주소 서울특별시 서초구 신반포로 47길 12 유봉빌딩 4층
전화 02) 868-4979 **팩스** 02) 868-4978

이메일 davanbook@naver.com
홈페이지 davanbook.modoo.at
포스트 post.naver.com/davanbook
블로그 blog.naver.com/davanbook
페이스북 www.facebook.com/davanbook
인스타그램 www.instagram.com/davanbook

ISBN 979-11-85264-55-4 03810

* 「디페랑스」는 「다반」의 인문, 예술 출판 브랜드입니다.